Agradecimentos:

Há muitas pessoas que eu gostaria de agradecer por me terem dado inspiração e pelo material que me proporcionaram, mas nem todos sabem exactamente o quão cruciais foram para a elaboração deste trabalho, por isso apenas lhes posso agradecer no meu coração e prometer nunca os mencionar em voz alta.

Só para que saibam, os meus agradecimentos são profundos e sentidos.

Com todo o amor,

Lírio

Capítulo 1

A temperatura estava agradável. A escuridão da noite já tinha caído há algum tempo mas ainda se sentia o calor do sol da tarde. Os nossos saltos multicolores ecoavam pela rua, juntamente com as risadas que íamos emitindo com a antecipação da chegada ao bar. Tantas raparigas juntas só podia dar em barulho. O que havia sido planeado em segredo era o meu maior motivo de risada. Uma risada nervosa e tímida, que me saía a todo o momento, mesmo que não o apropriado. A excitação era tamanha que ninguém parecia perceber de qualquer modo.

Hoje seria o último fim-de-semana de solteira da nossa amiga Eunice. Tínhamos que lhe dar a maior despedida de sempre, quer ela quisesse, quer não. – Palavras da madrinha. - Tinha que ser melhor do que a dos rapazes e essa, já sabíamos como deveria ser embora não tivéssemos informação do que haviam planeado. Chegadas ao bar a nossa mesa já se encontrava reservada.

O lugar parecia algo saído do século XIX e parecia já estar em uso desde essa mesma época. Cores sóbrias, na palete dos castanhos, gastas e acolchoados de veludo vermelho e rosa roçado debruavam cada esquina. No centro encontrava-se uma mesa de bilhar já bastante poida com um verde de relva a secar ao sol. Achei que seria um pouco estranho ver o que sabia estar preparado naquele local. Perguntava-me como teria sido permitido, mas como não era eu a organizadora, decidi confiar.

Sentamo-nos no nosso canto sem parar de cacarejar como galinhas. As bebidas foram servidas e o tom da conversa foi aumentando de volume mas baixando de nível. As piadas más sobre homens foram surgindo e as histórias idiotas de relações passadas foram inundando a mesa. Mas para além disso nada mais parecia querer passar-se. Era uma noite mais do que habitual entre amigas, semelhante a muitas que já havia testemunhado e que me aborrecia depois de algumas horas. Uma mala abriu-se e uma prenda foi retirada do seu interior.

- Para a noiva! Só para o caso de estares aborrecida com o teu futuro esposo, ou caso ele adormeça! -, A Sara explicou, enquanto depositava o pequeno embrulho vermelho à frente da Eunice.

A noiva arregalou os seus olhos negros e esticou os lábios brilhantes iniciando curiosamente o processo de desembrulhar, enquanto a Sara, sorria maliciosamente afagando o cabelo farto e castanho. As restantes meninas fitaram o embrulho em espectativa, já adivinhando o que conteria o mesmo. A noiva expôs a prenda, mas o seu sorriso acabou por cair por terra. Senti-me um pouco mal, o pessoal à mesa começou desde logo a brincar com a situação e a examinar de perto o pequeno dildo que se encontrava dentro da caixa.

- O que raio é isso? -, A noiva perguntou furiosa.

- Se te temos que explicar isso algo está mesmo mal! -, Uma das meninas brincou.

- Eu disse que não queria nada destas merdas. -, A noiva ralhou.

- Tem calma! É só uma brincadeira inocente. -, A Sara assegurou.

– Não vão começar a aparecer gajos a fazer strip a seguir. -, Outra das meninas indicou varrendo a mesa com os olhos à procura de resposta. – Ou vão? -, Perguntou.

Olhei as minhas companheiras com curiosidade, tentando perceber se realmente essa situação ainda estaria de pé. Era o que me mantinha ligada àquela noite, ver a expressão da Eunice perante algo tão selvagem, tão louco. Ela, que teria tido uma conversa com o seu esposo acerca desse mesmo assunto, deixando bem claro que tal não deveria acontecer nessa noite. Não iria permitir que os seus amigos o deixassem levar para o que ela considerava ser um lugar degradante. O noivo acenou com a cabeça apenas. A festa podia ser sua, mas não estava dentro do seu controlo.

- Aqui a noiva não nos permitiu tal coisa. -, A Sara admitiu, deixando-me totalmente desanimada. Perguntava-me como teria ele descoberto. - Fogo, isto assim nem parece uma despedida de solteira. -, Queixou-se. – Se não queres o presente dá cá que eu dou-lhe uso.

- Sara, a sério! Não precisamos, nem queremos saber das tuas aventuras sexuais. -, A noiva indicou com o riso a sobressair.

- Quais aventuras? Se tivesse alguma para esconder dava-me por muito satisfeita. -, Comentou. -

Olha, isto é uma despedida de solteira, por isso temos que saber é cenas da noiva. -, Mudou o rumo da conversa.

As meninas começaram a envolver-se em perguntas à noiva sobre assuntos mais sexuais mas a natureza da mesma era não revelar nada. Ela esquivava-se de todas as perguntas o mais habilmente que conseguia. Lá revelava uma coisinha ou outra, mas tudo de forma tão inocente que o jogo foi abandonado pouco depois de ter começado.

- E tu Iris? -, A Sara chamou, apanhando-me a acender um cigarro.

- Eu o quê? -, Perguntei, bafejando o fumo.

- Estás aí tão calada. Não queres contribuir para a conversa? -, Insistiu.

- Não tenho nenhuma pergunta a fazer que vocês já não tenham feito. -, Comentei.

- Talvez possas dar uma resposta, então. -, A Sara atacou.

- Não tenho nada a dizer. -, Desculpei-me, encolhendo os ombros.

- Vais dizer que não tens ninguém por quem estejas interessada, por quem fantasies? -, A Sara perguntou de forma séria.

- Não. -, Indiquei com veemência, era a realidade, da qual não podia escapar. Já fazia muito tempo que estava sozinha. Não era uma escolha, mas a forma que a minha vida tinha tomado. Ninguém parecia se interessar por alguém que preferia manter-se em observação, mais do que entrar em acção.

- Por favor, deve haver alguém que queira ser mais do que teu amigo. -, A Sara insistiu.

- Não que eu saiba. Mas também não estou à procura. -, Revelei como um escudo.

- O que queres dizer com isso? -, A Eunice perguntou.

- Quero dizer que não estou à procura de ninguém no momento. Estou bem sozinha. -, Expliquei, distraindo-me com o fumo do meu próprio cigarro, para não demonstrar o quanto já tinha desistido da ideia.

- Isso é mentira. -, A Eunice acusou de imediato. – Ninguém está bem sozinho. Tu estás há demasiado tempo sem alguém na tua vida. Devias ir à procura.

- Se pensares bem, Eunice, não me lembro de alguma vez a Iris ter tido um namorado. -, A Sara relembrou. – Houve alguns momentos na faculdade, mas nada de sério.

- Tinha outras prioridades na altura. -, Expliquei um pouco ultrajada.

- E agora, não será altura de pensares nisso como uma prioridade? -, A Eunice atirou.

- Não entendo a vossa preocupação pela minha vida amorosa. Estou óptima. Finalmente tenho um bom emprego a minha vida está a endireitar-se. A minha prioridade é manter-me na Cores de Prima e trabalhar bem. Estou bem. -, Tudo saiu demasiado agressivo e houve alguns olhares de reprovação na minha direcção.

- E se houvesse alguém interessado? -, A Sara perguntou num tom misterioso.

- Sabes de alguma coisa que eu não saiba?

- Seriam precisas muitas mais bebidas para dar conta disso. -, Ela declarou a rir.

- Não seja por isso. -, Fiz sinal ao empregado para que nos trouxesse uma nova rodada. Ela largou a rir da urgência.

A Sara era uma companheira de longa data, colega de faculdade que já me tinha acompanhado em vários trabalhos, nem todos criadores de carreia, mas o trabalho de Redactora Publicitária nem sempre era glamorosa, - muitos textos criados, por razões várias dos quais tinha alguma vergonha de admitir responsabilidade. Por fim, tinham sido, ela e o noivo, os responsáveis por me encontrar a trabalhar na Cores de Prisma - Marketing.

Era agora a mais recente adição à equipa de publicitários e via nesta nova oportunidade um primeiro passo para a minha emancipação. Uma boa prestação nesta empresa seria mais um passo para conseguir finalmente sair de casa dos meus pais e começar uma vida independente.

A verdade é que com todo remoinho que havia sido a saída da universidade e o começo no mundo do trabalho, não me tinha dado o direito de ter tempo para mim ou sequer de pensar em mim. Todas as horas viravam à volta do trabalho e era graças a pessoas como a Sara e a Eunice que começava a sair dessa mesma rotina, entrando num mundo um pouco diferente de barulho e confusão que me acabavam por relaxar.

Durante o continuou consumo das bebidas seguintes, começava a pensar que deveria ter estado calada, não devia ter dito o que disse, tinha acabado de dizer que não queria uma relação mas mostrava demasiado entusiamo quanto à estranha declaração da Sara. Sabia que ela iria de certeza manter esse momento no seu cérebro que não era mais do que um cofre de instantes capturados para serem usados em futuras referências. Não havia maneira de retirar as palavras apresentadas naquela mesa e o melhor que conseguiria era desviar a atenção de todos sobre a minha pessoa e a minha vida pessoal.

Continuei a fumar o meu cigarro em silêncio como me havia mantido na maior parte da noite, alisando o meu cabelo loiro como desculpa para estar distraída, fazendo-me passar por invisível. Era sempre mais fácil manter-me à margem mesmo que incluída num núcleo.

A conversa entre as meninas continuou mas num tom mais parado e por fim até aborrecido. Os olhos das organizadoras cruzaram-se com sorrisos. Seria o tempo de fazer alguma coisa.

- E passarmos esta festa para um sítio mais agitado! Bora abanar os ossos! -, A Sara sugeriu e todas ficamos animadas com a ideia.

A Sara anunciou conhecer um sítio porreiro com música para dançar e eu fiquei contente com a mudança de lugar, já estava aborrecida de morte com a pudiquisse da noiva, embora adorasse a rapariga, uma festa devia ser lunática e selvagem. Pelo menos era isso que esperava da noite. Sempre a menina correcta estava na hora de sair da caixa, mas na realidade as minhas expectativas talvez estivessem muito acima da média por falta de experiência.

- Iris, não penses que acreditei por um minuto no que disseste. -, A Eunice relembrou, quando entravamos no carro. Só estávamos as duas por isso era a altura perfeita para me encurralar.

- Porque raio estás tão preocupada comigo? -, Perguntei. – Eu estou bem como estou. Tenho um bom trabalho, estou a compor a minha vida e não estou à procura de complicações.

- Achas que ter um namorado é uma complicação? -, Ela perguntou zangada. – Isso é uma boa coisa para me dizeres nas vésperas do meu casamento.

- Eunice, o que tu tens com o Henrique é lindo, mas eu não estou preparada para isso. -, Expliquei. – Não estou preparada para lidar com um namorado. Ainda estou a tentar estabilizar a minha vida.

– Iris, Iris, não se lida com um namorado. Um dia tens uma surpresa... -, Ela riu, deixando-me um pouco confusa.

Quis-lhe perguntar o que queria dizer com aquele comentário, mas o seu telefone tocou e sem pensar duas vezes ela atendeu-o, mesmo estando a conduzir. Pela conversa calculei que falasse com o futuro esposo.

- A sério? Mas ainda aí está? ... Nós já saímos, vamos a caminho... -, A Eunice desligou, mas antes de guardar o equipamento ainda teclou alguma coisa, enquanto continuava a conduzir, confesso que estava receosa com este comportamento, sentia que ainda teríamos um acidente. Finalmente guardou o telemóvel e a nossa deslocação ao novo local continuou.

A discoteca era mais animada e moderna, a música bombava bem alto o que me agradou de início. Estava bem mais cheio que o primeiro e não era possível encontrar uma mesa livre, por isso tivemos que ficar de pé a um canto a tentar conversar. Eu balançava-me ao som da música, visto que não conseguia entender totalmente o que era dito por todas as pessoas do grupo. As oportunidades para sair um pouco não eram muitas e por isso mesmo aproveitava a ocasião para me distrair um pouco e me soltar.

O ruído que estava a gostar era um tanto ensurdecedor e sinceramente já começava a incomodar. Depois de terminar umas tantas bebidas, dirigi-me à casa de banho. O caminho foi complicado, parecia um jogo de flippers, desvia daqui e empurra dali para tentar passar e com o consumo de álcool e de saltos altos, os quais não estava habituada a usar, a coisa tornava-se mais complicada. Quando estava quase a chegar à porta, senti que alguém me puxou o braço.

Nos dois segundos em que fui puxada pensei: «*oh não um bêbado engraçou comigo!*» Virei-me com cara de poucos amigos e a surpresa foi total. À minha frente encontrava-se o Guilherme, Designer Sénior na Cores de Prisma. Levantei a cabeça para conseguir abarcar toda a sua estrutura comprida, fixando-me primeiro nos seus brilhantes olhos castanhos e depois no seu sorriso fácil e perfeito à excepção daquela pequena falha num dente que sempre me tinha deixado curiosa sobre a causa. Eu correspondi o sorriso nervosa, ainda em total espanto, pois ele próprio me tinha puxado para se dar a ver. Dentro das paredes do escritório as brincadeiras sucediam-se com todos os que nos rodeiam, ele tem um talento para brincar com qualquer frase que se diga, normalmente de uma forma marota, mas nunca tinha surgido uma grande conversação entre nós. Não era realmente possível manter uma longa conversa quando o meu trabalho era escrever textos enquanto ele tratava do enquadramento, não tínhamos exactamente muito para discutir. Mas agora havia a hipótese de conversa fora do trabalho, algo mais descontraído, algo para a qual eu não sabia como reagir.

O Guilherme inclinou-se na minha direcção e por momentos não entendi se me queria cumprimentar ou dizer algo ao ouvido. Cumprimentou-me com dois beijos na face. Como o ruído era demasiado não dava para ter uma conversa, limitei-me a levantar o polegar como forma de perguntar se tudo estava bem. Ele acenou no mesmo sorriso e levantou o seu próprio polegar. Fiz-lhe sinal de que já voltaria à sua companhia, mas tinha mesmo que me ausentar e continuei o árduo caminho até à casa de banho.

Lá dentro olhei-me ao espelho e apercebi-me de como me encontrava diferente da forma como me apresentava na empresa, tinha deixado a t-shirt larga, colorida e confortável para usar um conjunto preto mais apertado. Algo que me acentuava mais a figura e que, até ao momento, não me fazia sentir totalmente desconfortável. Dei comigo a recear o facto de o Guilherme me ter visto, aquela não era a minha imagem, ou melhor era uma das minhas muitas imagens, mas uma que não queria passar para colegas de trabalho que mal conhecia. Não havia nada a fazer ele já me tinha visto e o melhor que podia fazer era agir naturalmente, dar lhe uma palavra e depois seguir o meu caminho de volta para o meu grupo onde me sentiria mais confortável.

Saí da casa de banho pronta para iniciar a conversa de circunstância que preparada no meu cérebro, mas o Guilherme estava embrulhado em conversa com os seus amigos e eu não quis interromper, ou melhor tive vergonha de o fazer, por isso decidi passar o mais despercebida possível para não parecer que o evitava, mas a discoteca estava tão cheia que fui empurrada para cima dele na passagem. Desequilibrei-me nos saltos, ridiculamente altos, e tive que me segurar à primeira coisa que encontrei para não cair redonda no chão. Senti a sua mão segurar o meu braço novamente, enquanto eu puxava a sua t-shirt e a sua bebida entornou-se no processo. Voltei a encontrar equilíbrio, com a maior expressão de arrependimento que consegui fazer.

- Já bebeste demais! -, Ele gritou-me ao ouvido.

- Nada disso, empurraram-me! -, Gritei de volta. – Desculpa! Deixa-me pagar-te uma bebida!

O Guilherme assentiu e dirigimo-nos de seguida ao balcão. Pediu a sua bebida, depois olhou para mim para que eu pudesse pedir o que eu queria, gritei o que queria e ofereci o meu cartão ao barman, para que a pudesse anotar. Retirei-o de dentro da minha t-shirt, estava preso na alça do soutien, o que causou uma risada da parte dele. Fi-lo de forma natural, sem pensar, mas o seu riso deu-me a entender que já teria dezenas de comentários a boiar no seu cérebro. Era o de costume. Habituei-me a colocar os cartões dessa forma, para não os perder, quando não tinha bolsos, para mim era apenas útil, mas de certeza que para o Guilherme era muito mais do que isto. O Barman devolveu-me o cartão e eu voltei a coloca-lo no mesmo sítio de forma muito natural. Ele fez de conta que estava a expiar o movimento e eu apercebi-me abanando-lhe a cabeça nervosamente. Enquanto esperamos para ser servidos, olhei-o com um sorriso, era impossível falar-lhe, pois a música estava demasiadamente alta e não daria para nos entendermos. De brincadeira fiz de conta que falava, embora não emitisse qualquer som. Ele acenou a sorrir, entendendo a brincadeira, fazendo de contas que era surdo e que concordava com tudo. As bebidas foram colocadas à nossa frente e brindamos antes de as começarmos a consumir. Fez-me, então, sinal com a cabeça para que o seguisse.

Subimos as escadas da discoteca e gradualmente a música foi ficando mais baixa, pelo menos já era possível ouvir as pessoas a conversar à volta. Quando tínhamos entrado não nos havíamos dado conta que a discoteca tinha um segundo piso. Estava tão cheio como o andar de baixo, mas era mais agradável e da minha posição superior, conseguia ver o meu grupo lá em baixo a dançar e a tentar conversar. Ele sentou-se num canto vago de um sofá e eu acomodei-me ao seu lado nervosa devido à proximidade.

- Olá Iris. -, Verbalizou finalmente.

- Olá Guilherme.

- Obrigado pela bebida.

- De nada! Desculpa se te estraguei a t-shirt. -, Comentei, ele olhou-a e notava-se o local onde a tinha puxado, mas não me pareceu que tivesse ficado incomodado com isso.

- O que fazes aqui? -, Perguntou.

- Estou com um grupo de amigas! Uma despedida de solteira. -, Expliquei.

- Ooooh! -, Ri-me da expressão já conhecida.

- Nada disso. Está a ser um bocado aborrecida por acaso. -, Comentei num suspiro.

- Então? -, Espanto na sua cara.

- Pensei que fossemos ter uma noite alucinada, mas a noiva já se chateou só porque lhe deram um ... -, Parei a tempo, não queria dizer a palavra à sua frente. - Uma cena mais... picante. -, Corrigi.

- Um vibrador? -, Ele perguntou naturalmente, como já era habitual, fazendo-me corar um pouco.

- Não, um dildo! Ainda não chegamos a coisas com pilhas. -, Expliquei, fazendo-o rir.

- Então, mas isso é o normal numa despedida de solteira.

- Pois, mas ela não quer nada dessas coisas. Tiveram que cancelar os strippers e tudo! -, Queixei-me.

- Não acredito! Cancelar strippers. Isso é grave! -, Comentou como se falasse de um bem essencial e o seu cancelamento fosse uma catástrofe. Ri-me do comentário.

- Mais valia ter ido à do noivo! Mas era de entrada proibida a raparigas! -, Expliquei, - Nunca quis ser gajo tanto como esta noite. -, Ele riu-se do meu comentário.

- Onde é que o noivo foi? -, Perguntou.

- Não faço ideia, mas de certeza que deve ter ido a um sitio fixe.

- Este é um sítio fixe. -, Comentou.

- Este é, mas devias ter visto o outro onde estávamos. Decoração à lord Inglês. Musica ambiente subliminal. Estava à espera de ver o Sherlock Holmes a qualquer momento. -, Expliquei enquanto ele tirava mais um gole da sua bebida. – O que até não era mau visto que ele lhe dava na coca e quem sabe até animava a coisa. -, Ironizei.

- Podias sempre ter contratado um stripper que se vestisse de Sherlock Holmes, se calhar ela achava de bom gosto, sempre combinava com o sítio. -, Larguei uma gargalhada, quanto à imagem.

- Acho que não, mas a ideia é boa! Devia ter falado contigo antes da festa, para tirar ideias.

- Para a próxima já sabes. -, Sorri-lhe, pisquei-lhe o olho e bati o meu copo no dele. – E qual é o plano, agora?

- Bem, estava a pensar em enfrascar-me um bocado, para ver se aguento o resto da noite. Acho que já não tenho paciência para ouvir nem mais uma piada sobre homens. Nenhuma delas simpáticas para o vosso género, deixa-me que te diga. -, Ele acenou em concordância, já conhecendo inclusive algumas, e sorriu-me, – E tu?

- Eu vim só a tomar uma bebida e a ouvir um bocado de música. Estava ali com uns amigos, mas eles não me estão a prestar muita atenção. -, Queixou-se.

- Estás de vela? -, Perguntei directamente.

- Não estava, mas depois de eles se conhecerem passei a estar. -, Comentou um pouco desgostoso, pousei-lhe a mão na perna com um beicinho nos lábios.

- Tens que arranjar alguém para te acender a vela. -, Brinquei, sabendo que lhe estava a dar material. Levantou-me os olhos e torceu os lábios na escolha do melhor comentário.

- Tu tens prática nisso, não é? -, Perguntou-me casualmente, surpreendendo-me por se lembrar que eu acendia velas amarelas na minha secretária para ajudar a inspiração.

- Eu vou voltar para o meu pessoal -, Indiquei terminando a minha bebida de forma apressada, não tinha como lhe responder e era melhor dar a brincadeira por terminada. Ele acenou e deixou-se ficar sentado.

Desci as escadas respirando cada momento do que tinha acabado de acontecer. O Guilherme e eu a partilhar uma bebida e dois dedos de conversa, sem falar de trabalho, era algo que nunca teria imaginado, nunca tinha entretido a ideia de sermos amigos. Gostava do seu sentido de humor e divertia-me na sua presença por isso agradou-me esta nova posição. A incredulidade tomou um segundo plano assim que me juntei novamente ao meu grupo, pois foi-me logo perguntado se me tinha perdido no caminho ou se a casa de banho ficava para lá do rio devido à demora. Apenas comentei que havia uma fila, o que é normal porque há sempre fila nas casas de banho das mulheres. Conforme esperava ninguém havia visto o Guilherme e assim não haveria perigo de ser descoberta pela Eunice ou pela Sara, tinha que manter a minha compostura para que aquelas duas que me conheciam bem não se dessem conta da minha nova euforia.

A conversa não continuou felizmente e acabamos por criar um círculo apresentando os nossos passos de dança. Como a música se mantinha altíssima continuava a não era possível manter qualquer tipo de conversa, por isso apenas me concentrei em tentar dançar, era um feito para mim. Fomos assediadas por vários rapazes da pista de dança, mas há força quando estamos em número e conseguimos espantá-los a todos. Da posição em que fiquei não me era possível ver se o Guilherme continuava no sofá onde o tinha deixado ou se se haveria juntado ao seu grupo de amigos Ao dançar tentava ter uma percepção da posição dele, mas não havia forma de o ver na multidão que se movimentava. Arrependia-me de ter deixado a sua companhia, deveria ter saboreado mais aquele momento, explorado mais este início de amizade, mas não havia forma de voltar atrás sem alarmar os presentes.

Depois de uma hora de movimentos intensos o cansaço e a sede começaram a assentar no grupo. Afastámo-nos da pista e instalámo-nos num canto da discoteca à espera que notassem que precisávamos de hidratação. O barman não conseguia chegar à nossa posição e já estava um bocado cansada de estar à espera, havia, no entanto, uma outra coisa que precisava de fazer. Fiz sinal ao pessoal que já voltava e saí da discoteca, depois de mostrar que ia apenas fumar um cigarro. Encostei-me à parede um pouco afastada da porta e acendi o dito. Ao soltar o meu olhar da chama do isqueiro, vi-o a sair. Tive a certeza que não me viu. Atrás de si saíram os seus amigos. Despediram-se à porta e o casal seguiu para a rua principal. No entanto o Guilherme hesitou em seguir-lhes os passos, balançando o corpo ora para dentro da discoteca ora para a rua principal. Olhou em volta e nessa altura, sim, viu-me. Sorriu-me e eu acenei os meus dedos no ar.

- Já estás arrumada? -, Perguntou em tom de brincadeira, quando se aproximava.

- Estou a recarregar as pilhas. -, Comentei.

- Trabalhas a vapores? -, Perguntou, referindo-se ao cigarro.

- Trabalho a nicotina e cafeína e o ocasional consumo de álcool! -, Expliquei rindo-me.

- O teu pessoal?

- Estão lá dentro à espera de hidratação. Já me junto.

- Estás a divertir-te? -, Perguntou e corei.

- Sim. -, Apenas respondi.

- Quando é o casamento?

- No Domingo.

- Ainda bem, se fosse amanhã vocês não se iam aguentar de pé. -, Comentou, deixando-me apreensiva, tinha estado a observar-nos.

- Temos bastante energia, meu querido! Tipo o coelho daquele anúncio de pilhas. Dura e dura e dura! -, Brinquei, fazendo movimentos robóticos com os braços, para esconder o quão desconfortável o seu comentário me tinha deixado.

- Isso é o que faz o vibrador que trazias... -, Ele brincou.

- Não era um vibrador, era um dildo. Não tem pilhas. -, Relembrei. – E não fui eu que o trouxe. -, Deixei claro.

- Ah pois era! -, Desculpou-se.

- Tu já vais? -, Perguntei.

- O meu pessoal já bazou e, eu, se calhar, vou fazer o mesmo. Não vou ficar ai sozinho. -, Explicou.

- Não precisas de ficar sozinho. -, Deixei escapar querendo perpetuar a nova experiência.

- Fazes-me companhia? -, Perguntou com um ar maroto.

- Podes juntar-te ao nosso grupo. Daqui a pouco vai tocar um dj, está anunciado lá dentro, acho que vamos ficar e ouvir. -, Indiquei, sabendo que era um tipo de música muitas vezes ouvido no escritório.

- Não me importava. Na verdade, não me apetece ir já para casa. -, Confessou um pouco envergonhado. - Mas eu não danço. -, Avisou.

- Não te estou a pedir que dances. -, Expliquei, tentando acomodar-me aos seus gostos.

- Não te quero impedir de fazeres uma coisa de que gostas.

- Não tem problema. Eu nem sei dançar, limito-me a seguir as meninas. -, Expliquei como se não fosse nada.

Apaguei o cigarro e voltamos para dentro. As minhas amigas já tinham bebidas, mas nada foi pedido para mim. Fiz careta ao aperceber-me disso. O Guilherme não se juntou ao grupo, dirigindo-se de imediato ao balcão e chamando o barman, pedindo depois a mesma bebida que eu já havia pedido antes. Juntei-me voltando a retirar o meu cartão da alça do soutien e ele observou o acto atentamente, mas quando lho passei recusou-o. Inclinei a cabeça com a pergunta.

- Só queria ver-te a fazer isso, outra vez! -, Gritou-me ao ouvido, de forma marota, deixando-me largar uma gargalhada nervosa. – Esta rodada pago eu! -, Fiz-lhe uma cara indignada, mas depois voltei a arrumar o cartão no sítio, mas de forma muito lenta e com um sorriso bastante lânguido. Ele largou a rir. Os receios de passar a imagem incorrecta já tinham caído pelo chão, não sei se pela sua naturalidade, se devido ao cansaço, o facto era que me sentia bem ao seu lado e não me preocupava mais com o que pudesse pensar, apenas queria ser eu própria.

No seu canto as minhas amigas comentavam o momento, calculei que a Sara já tivesse espalhado a identidade do meu companheiro. Ela acenou-lhe e ele retribuiu o aceno de forma envergonhada, desviando logo o olhar. De certeza que já falavam sobre nós e isso deixava-nos embaraçados e a mim preocupada. Não era a minha intenção ser alvo de rumor algum. Não sabia exactamente o que se estava a desenrolar com o Guilherme, mas queria que o mesmo acontecesse de forma lenta e sem grandes alaridos.

O barman colocou as bebidas no balcão e o Guilherme aceitou-as, passando-as por cima das cabeças das pessoas que estavam coladas ao balcão, entregando-me uma num sorriso. Deixei o meu grupo para trás e dirigi-me com ele mais para perto do palco onde o Dj iria iniciar o seu set.

A música do Dj começou e as minhas amigas não estavam muito viradas para aquele tipo de música, embora tivesse a certeza de ter ouvido alguém dizer que devíamos ficar e ouvir. A Sara aproximou-se para me pedir atenção, ela explicou de forma pouco eloquente que já havia bebido demais e não estava em condições para me levar para casa como havia sido combinado, também havia falado com o resto do grupo e ninguém se apresentara em bom estado para me levar a casa. Por fim perguntou-me se eu queria ir com ela para sua casa de táxi. Parei para ponderar.

Naquele momento eu não queria sair dali, por muito incomodativa que a música fosse. Queria explorar este início de amizade, não tinha muitos amigos e achei que se saísse naquele momento não iria ter uma nova oportunidade. Já tinha desperdiçado a primeira e muito raramente existe uma segunda. Se a mesma se apresentava tinha que aproveitar. Expliquei num sussurro gritado que queria ficar até ao final e que depois seguiria para casa no primeiro comboio da manhã. Depois de um olhar mais profundo ao meu sorriso e ao meu levantar de sobrancelhas, a Sara lá entendeu que eu iria espremer aquele momento até ao finalzinho. Sorriu-me e piscou-me o olho ao de leve, saindo depois de fininho.

Voltei a concentrar-me na música, abanando a minha cabeça ao som da batida. Notei que o Guilherme lançou um olhar ao grupo enquanto elas saiam e depois pousou os olhos em mim por um instante. Eu não dei sinal de estar a notar e apenas fingi apreciar a música. Deveria estar a questionar o porquê de todas se irem embora e eu não.

Capítulo 2

A pista de dança estava cheia de gente e alguns estavam mais concentrados na música que outros. Os seus passos de dança empurravam-nos e tanto eu como ele já estávamos incomodados por esse facto. Ele fez-me sinal com a cabeça, segurando-me o braço, e conduziu-me novamente ao piso superior da discoteca onde podíamos estar sentados, sem sermos incomodados, e ainda ouvir a música. O toque da sua pele na minha, pela primeira vez, foi uma surpresa. Senti um pequeno arrepio em todo o meu corpo e inalei profundamente no primeiro segundo. Ao sentar-me no sofá, compus-me, para que ele não se apercebesse da minha falta de controlo perante o seu toque.

Ficamos a ouvir o dj, atentamente, mas a meio do set, eu já não prestava atenção a nada mais que não fosse cada movimento do Guilherme. O roçar do dedo no nariz, o levar do copo à boca, o menear da cabeça ao som da música, o esgarçar de sorriso quando as músicas de que gostava soavam pelas colunas, por fim, estudei todos os movimentos dos seus músculos. Tentava ler e entender aquele rapaz, mas ele era indecifrável. Tão diferente do que o conhecia, sério e contido, quase como se não estive no momento embora a sua presença se fizesse sentir de forma poderosa. Para uma pessoa que se mostrava tão aberta a brincadeiras era realmente fechado.

O Guilherme acabou por se virar para mim, no meio de uma das músicas, possivelmente sentindo-se observado e encontrou-me embevecida nos seus gestos. Não tive tempo de me retirar desse estado antes que ele desse conta. Fez-me sinal com a cabeça para perguntar o que se passava. Sorri a acenei com a mão como se nada fosse.

- O que foi? -, Insistiu ao meu ouvido.

- Nada! Estava distraída a ouvir a música. , Expliquei no seu ouvido.

- Este set está uma merda! -, Ele acabou por confessar, apanhando-me de surpresa, pensei que estivesse a gostar, não era mesmo capaz de o ler.

- Queres ir embora? -, Perguntei.

O Guilherme acenou, pressionando os lábios, com algum medo da minha reacção. Inclinei a cabeça para a porta. Levantamo-nos e saímos da discoteca, depois de tratar da nossa conta. Eu procurava a minha carteira na mala quando a sua mão se esgueirou para o meu peito e puxou de forma muito contida o meu cartão para o entregar ao porteiro. Levantei os olhos em surpresa e apreensão, mas o sorriso maroto que tinha patente desarmou-me por completo. Ele tentava apenas ser útil. Pisquei-lhe o olho, levantando o canto do lábio, por sua vez ele fez uma expressão de timidez, mas achei que era a maior mentira.

Uma vez cá fora, acendi de imediato um cigarro. Não tínhamos mais nada a fazer juntos e preparei-me para me despedir, embora quisesse estar mais tempo na sua companhia e conhecê-lo melhor.

- E agora? -, Perguntou enquanto eu tirava o fumo do meu cigarro.

- Bem, agora tenho duas hipóteses, ou faço tempo e espero pelo primeiro comboio para o outro lado da ponte... ou, deixa ver... adormeço num banco de jardim e quando acordar volto para o outro lado do rio. -, Expliquei em tom de brincadeira.

- Posso dar-te boleia até ao jardim mais próximo. -, Gozou, mostrando toda a sua disposição para ajudar.

- Que gentil da tua parte.

- A sério, posso levar-te até ao comboio. -, Ele indicou. – A que horas sai?

- Acho que o primeiro parte às 6! -, Indiquei.

- Então ainda tens muito que esperar. São 4 agora. -, Anunciou depois uma rápida inspecção ao relógio.

Terminei o cigarro o mais lentamente possível para puder prolongar a sua companhia, pensando no que ia fazer para me manter acordada durante mais duas horas. Ao pisar a beata, comecei então a perceber que esta noite estava no fim e que não deveria tê-lo assim tão perto novamente. Caminhamos com alguma vagareza até ao seu carro, em parte porque os meus saltos não se estavam a dar bem com a calçada. Ele riu-se da minha forma muito contida de andar para não cair.

- Não estavas mesmo a gostar do dj? -, Acabei por perguntar, tentando manter uma linha de diálogo.

- Não! Tu estavas?! -, Perguntou desconfiado.

- Eu estava a ouvir. -, Indiquei, fazendo-o lançar uma gargalhada.

- Tu desligaste por completo a meio do set. Estavas completamente a olhar para o vazio. -, Explicou, deixando-me mais descansada por não se ter apercebido que eu estava na realidade a olhar para si.

- Eu estava à espera de uma coisa diferente. -, Confessei a medo, sem saber bem o que estava a dizer.

- Tipo o quê? -, Perguntou curioso, deixando-me sem saber o que responder.

- Não sei explicar, mas esperava algo mais... house! -, Acabei por dizer.

- Não dava para ser mais house do que aquilo. -, Ele indicou, provando que eu não tinha conhecimento algum daquilo que estava a dizer.

- Nota-se muito que não faço ideia do que estou a falar?

- Só um bocadinho! -, Rimo-nos enquanto ele destrancava o carro.

Sentei-me e fechei a porta, o carro estava quente, não me tinha dado conta do quanto tinha arrefecido, até estar ali dentro. Ele acomodou-se atrás do volante.

- Está quentinho aqui dentro! Tenho que me concentrar senão ainda adormeço. -, Comentei.

- Eu ligo o ar condicionado para ficar frio! -, Gozou de novo, mostrando novamente toda a sua disponibilidade.

- Não, deixa estar, quentinho está bom.

- Podes dormir na viagem para casa. -, Lembrou.

- Não dá muito jeito, senão ainda volto para Lisboa. -, Expliquei.

- Temos que fazer tempo, não é? Onde queres ir? -, Perguntou-me e sorri instintivamente, o Guilherme queria permanecer na minha companhia.

- Podes deixar-me na estação mais próxima. Espero à porta, não precisas de ficar. -, Expliquei contra a minha vontade interna, mas na verdade não queria abusar da sua boa vontade.

- Não te vou deixar sozinha no meio de Lisboa a esta hora. -, Constatou o óbvio. - Posso ficar mais um bocadinho. Fizeste-me companhia, agora faço-te eu. -, Sorriu-me.

- Tenho alguma fome. Conheces algum sítio onde possamos comer? -, Perguntei.

- Conheço. -, Indicou, ligando o carro.

Saímos do estacionamento e seguimos na larga e longa avenida. Não conhecia a zona, por isso, tudo era novo para mim. Olhei pela janela do carro a absorver o ambiente nocturno, as pessoas a caminhar pela rua nos seus fatos da noite e os carros a circular com o pessoal divertido lá dentro e alguns já a sentir os efeitos do divertimento.

- Guilherme, olha ali, aquele gajo tem o carro todo vomitado. -, Comentei, ao ver um carro ao nosso lado com a porta toda suja. O rapaz que tinha a cabeça de fora não tinha cara de boa disposição. – Nojo!

- O pessoal não se sabe conter... -, Ele suspirou.

- Uma bebedeira de quando em vez também não faz mal. -, Comentei.

- Quando foi a tua última? -, Perguntou num sorriso.

- Não foi! Nunca fiquei bêbada! Alegre, sim, mas nunca bêbada. Não consigo, começo a ficar com sono e deixo-me dormir. Sou aborrecida! -, Admiti.

- Não és nada! -, Ele corrigiu de imediato, - És a pessoa que toma conta do pessoal bêbado. -, Ri-me.

- E tu? Quando foi a tua última? -, Devolvi a pergunta.

- Já não me lembro, mas acho que foi numa festa de despedida de alguém...

- Despedida de solteiro?

- Não. -, Riu. – Um dos nossos programadores foi recrutado para uma empesa no estrangeiro. -, Clarificou. – Não me lembro bem de quem era. Nem me lembro muito bem do que aconteceu. -, Explicou cautelosamente. – Lembro-me de estar num bar e depois só me lembro de acordar em casa no meio do chão da sala.

Ele nunca mencionava coisas pessoais no trabalho o que me fez sentir privilegiada de estar a aceder a informações tão confidenciais.

- Ah, então tu és daqueles que quando bebe demais tem blackouts? -, Perguntei no gozo.

- Depende! Só me aconteceu uma ou duas vezes. Tento não beber assim tanto, mas quando se está com algumas companhias, cometem-se excessos. -, Explicou muito racionalmente.

- Da próxima vez que quiseres apanhar uma dessas, chama-me que eu trato de ti. -, Comentei, relembrando o comentário anterior.

- Vou cobrar! -, Ele admitiu, virando para uma pequena rua.

Parou o carro num espaço esguio e eu não conseguia abarcar nenhum sítio para comer. Para mim a rua era composta de portas habitacionais. Ele saiu do carro e eu fiz o mesmo. Não obstante da rua ser a subir também a calçada era completamente irregular o que dificultava o meu caminho sobre os saltos. Ainda não tinha dado dois passos e já me desequilibrava e me sentia exausta, só tinha escolhido aqueles sapatos porque pensei que iria passar a noite sentada. O Guilherme conduziu-me ao minúsculo café que se encontrava aberto. Não estava cheio, mas estava composto de pessoal jovem e algumas pessoas menos jovens que pareciam adequar-se mais ao local. Procuramos uma mesa e sentamo-nos.

- Como descobriste este sítio? -, Perguntei com bastante curiosidade.

- Foi um amigo que me falou. Não há assim muita gente que conheça, por isso dá para se estar na boa. -, Explicou.

Uma empregada aproximou-se e anotou o nosso pedido, dois pães com chouriço e uma banheira de café bem forte para mim. Ele riu-se da parte da banheira de café bem forte.

- Tenho que me manter acordada de alguma forma. -, Expliquei.

- Não me pareces estar com muito sono.

- Agora não, porque estou a falar contigo, mas assim que ficar sozinha, vou começar a perder o gás. Tipo telemóvel, Bateria em baixo! -, Expliquei.

O café foi o primeiro a chegar. Bebi-o lentamente, não só por estar quente, mas porque não tinha pressa de sair dali. Ele observou-me na minha acção. Pousei a chávena e olhei em volta para verificar o ambiente tabernal do sítio. O típico café português.

- Nunca iria descobrir isto. Também o meu sentido de orientação é péssimo, e também ajuda se conheceres a zona. -, Comentei a tentar fazer conversa.

- Ya, se não conheceres a zona não vais a lado nenhum. -, Ele formulou num comentário de circunstância.

- Por isso é que tenho que esperar que o pessoal vá sair para me colar. -, Expliquei.

- Não ajuda seres do outro lado do rio.

- Sim, tenho sempre que pedir guarida a alguém. Um sofazinho, um cantinho! -, Ri-me. – Ou fazer o que estou a fazer agora. O que também é uma chatice. -, Confessei.

- Tens que te mudar para este lado. -, Ele convidou.

- Quem sabe um dia... -, Sonhei.

Os nossos pães chegaram e eu pedi um novo café, embora ainda não tivesse acabado o primeiro. O Guilherme riu-se do pedido.

- Se continuas a beber café assim, não vais é conseguir dormir. -, Comentou.

- Nada disso, eu consumo demasiado café, acho que já pouco efeito me faz. -, Expliquei.

- Sim, é verdade, sempre que te vejo estás a tirar um café. -, Comentou, surpreendendo-me novamente, não me conseguia lembrar exactamente de quando me teria visto a beber café, visto que a máquina se encontrava mais próxima da minha secretária do que da dele. Por breves instantes lembrei-me das palavras da Eunice há algumas horas atrás, qualquer dia teria uma surpresa. - Mais valia beberes Redbull. -, Advertiu.

- Isso já eu fiz. -, Expliquei.

- Bebeste redbull e agora estás a beber café por cima? Estás louca? -, Perguntou numa expressão de pura preocupação.

- Gui, bebi ao início da noite, com a dança e tudo mais, onde ele já vai! -, Expliquei, pousando a minha mão na sua, para o reconfortar e atrevendo-me a usar o diminutivo que sabia os seus colegas mais próximos usavam. - Não te preocupes. -, Inclinou a cabeça em concordância, não se mostrando incomodado com o tratamento mais pessoal.

Ambos voltámos a nossa atenção para os pães fumegantes que tínhamos à nossa frente. Em pequenas trincas fui consumindo o meu, tentando não ficar com os meus olhos colados na sua face, enquanto nos embrulhávamos em conversas de pura circunstância, sobre música e bares que seriam interessantes. Pousei o pão a meio, procurando um guardanapo, pois tinha os dedos cheios de farinha. Ele olhou-me e riu-se, senti-me embaraçada. Passou-me o dispensador de guardanapos e eu limpei os dedos, mas o local onde estava mais suja, escapou-me. Ele apontou, então, para a minha boca e mostrou-me com o dedo no ar onde devia limpar. Tinha os lábios com farinha.

- Já tá? -, Perguntei e ele acenou a sorrir, mas era um sorriso maroto, não sabia se devia acreditar. Virei o dispensador para mim e verifiquei o meu reflexo na parte metálica do mesmo.

- Aí! Nem confias. -, Fingiu indignação.

- Claro que não. -, Admiti. Rimo-nos um bocado da situação. – Isto é bom!

- Depois de uma noitada, sabe sempre bem vir até aqui. -, Admitiu.

- Também, depois de uma noitada, estamos com tanta fome que eles até podiam servir chouriço estragado que o pessoal comia. -, Comentei.

- Depende da noitada. -, Ele riu-se e eu apontei-lhe o dedo em acordo.

Voltamos a comer os respectivos pães e o meu segundo café chegou. Deixei-o para o fim, para acamar a refeição. Já não confiei nele para me dizer se estaria ou não suja, usei sempre o dispensador para verificar e sempre que o fazia ele ria-se.

- As meninas não podem ver uma superfície reflectora. Ficam agarradas. -, Expliquei, fazendo-o convulsionar em gargalhada. – Para teres uma noção, é um bocado como os rapazes ficam quando vêem futebol, mas sem os palavrões. -, As gargalhadas sucederam-se e por instantes pensei que ele fosse passar mal.

- Estou a compreender. -, Acabou por dizer, acalmando-se.

- Gui, meu querido, eu ensino-te os segredos das meninas. -, Admiti.

- Isso é sempre bom de saber...

- Mas já sabes que quando acabar de te contar todos os nossos segredos, vou ter que te matar. -, Expliquei muito séria.

- Fogo, vocês são tipo máfia?

- Yap, vais dormir com os peixinhos... com sapatos de cimento! Claro que isso significa que vais ser afogado num aquário de peixes tropicais com sapatos Armani! -, Elaborei.

- Não gosto de Armani! -, Gozou.

- Então, Tommy Hillfiger. -, Comentei, sem saber se ele entenderia a piada, pois apenas o disse porque reparara que ele vestia roupa dessa marca, nem sabia se eles faziam sapatos. Ele apenas sorriu e piscou-me o olho.

Terminamos a nossa refeição com mais conversa animada, sobre tópicos que não lembrariam a ninguém, libertando-nos totalmente da sombra de trabalharmos no mesmo local. Começamos a ser cada vez mais nós próprios. As minhas gargalhadas eram bastante audíveis em comparação com as suas mais discretas, em parte devido ao consumo alto de álcool da noite e em parte devido ao nervosismo que sentia na sua presença. Nunca teria pensado em estar à sua frente numa mesa de café a conversar como dois grandes amigos. Não queria que aqueles momentos acabassem, mas o fim chegou com a taça de café vazia.

Levantamo-nos e saímos do local, dirigindo-nos novamente ao seu carro. Eram horas de voltar para casa. Silenciei-me, triste por ir embora e ele silenciou-se também, concentrando-se na sua condução até à estação de comboios mais próxima. A sua expressão estava pesada, mostrando o cansaço que deveria sentir e senti-me comovida pela sua atenção. Parou o carro na estrada deserta e eu respirei fundo ao perceber que a estação já estava aberta o que significava que o comboio não tardaria. Respirei fundo novamente, a convencer-me que teria que sair e estiquei os braços para me espreguiçar. O Guilherme olhou-me a sorrir. Tomei mais atenção à sua face e reparei que tinha um pouco de farinha agarrada à barba que lhe começava a despontar. Estiquei a mão e limpei-lhe a face, sem oferecer explicação para o meu acto. Ele nem vacilou perante o meu toque, seguindo apenas a minha mão com o seu olhar.

- Estás com sono? -, Perguntou-me, mas era mais uma afirmação, apenas acenei. – Podes dar-me o teu número? -, Perguntou-me e voltei a acenar como uma criança a quem se perguntou se quer um rebuçado. Ele retirou o telemóvel do bolso e discou os números enquanto eu ditava prendendo a euforia na garganta.

- Dá-me um toque que depois gravo o teu. -, Pedi.

- Ok. -, Assim o fez e senti de imediato a vibração do meu telefone dentro da mala.

- Dá-me um toque quando chegares a casa. Só para saber que chegaste bem. -, Pediu e eu comovi-me com a sua preocupação.

- Obrigado pela boleia e pela companhia. -, Agradeci timidamente.

- De nada!

- Até depois. -, Despedi-me, procurando o puxador da porta, mas ao fazê-lo inclinei-me e ele encarou o gesto como uma procura de uma despedida mais a sério. Encostou a sua face à minha e beijou o ar perto da minha orelha. Virei a minha cara, mas não beijei o ar, procurei a sua pele e empurrei os meus lábios contra a sua face, deixando a minha marca, por assim dizer, na sua bochecha. Estava mesmo agradecida pela sua companhia e feliz pelo momento criado. Afastei-me e sorri, recebendo um largo e rasgado sorriso de volta. – Vemo-nos no escritório. -, Voltei a despedir-me.

Desta vez saí mesmo do carro, acenando-lhe com os dedos quando passei no foco dos faróis. Olhei para trás enquanto ele dirigia para longe da minha posição e entristeci-me por dentro. Desci as escadas a tentar relembrar todos os momentos em que os nossos olhos se cruzaram. Parei na plataforma a relembrar o tom das suas gargalhadas e todas as nuances da sua voz. Achava engraçado que tivéssemos ficado tanto tempo na companhia um do outro quando na empresa quase não nos reuníamos a sós. Não que tivéssemos realmente tempo, mas para quem não tinha muito contacto estávamos bem à vontade um com o outro. A noite tinha terminado da melhor maneira, mesmo que não tivesse começado assim.

Capítulo 3

O comboio chegou e entrei. Sentei-me e de imediato comecei a sentir o sono a chegar, como sabia que iria acontecer. Lutei contra a vontade de fechar os olhos, olhei, então, pela janela, enquanto cruzava o rio por baixo da ponte, e comecei a ver o sol a querer despontar por detrás da neblina da manhã, iluminando a cidade e a água. As cores iam mudando de escuro para rosa pálido e isso inspirava-me. Retirei um pequeno bloco de apontamentos da mala e comecei a escrevinhar algumas frases, antes que as mesmas se desvanecessem da minha memória. Sempre conseguia manter-me acordada e até adiantava algum trabalho.

O meu telefone vibrou dentro da mala e estranhei. Retirei-o a medo e atendi um pouco surpresa por receber uma chamada. O número não me era conhecido.

- Já estavas a dormir? -, Ouvi a voz do Guilherme a perguntar do outro lado. O meu coração saltou do peito e a minha respiração ficou ainda mais acelerada, não conseguia acreditar que ele me estivesse a ligar. Passou-me de imediato o sono e já nem me lembrava que estava a escrever. Os meus olhos abriram assim como os meus lábios.

- Não, estava a ver o céu. -, Expliquei por entre alguns gaguejos.

- Está bonito! -, Comentou. – Fiquei com medo que te deixasses dormir.

- Saio na última estação, não deve haver grande problema, no máximo fico a dormir aqui enquanto o comboio faz o trajecto para a frente e para trás. -, Expliquei a brincar.

- Mas estás sozinha e podem fazer-te mal. -, Elaborou a sua preocupação.

- Estás preocupado comigo, que querido da tua parte! -, Deixei escapar.

- Como está o nascer do sol aí desse lado? Já passaste a ponte? -, Perguntou.

- Agora está tudo escuro. Estou debaixo de um viaduto. -, Respondi. – E aí onde estás?

- Está bonito, cor-de-rosa e azul. -, Explicou.

- Já estou a ver novamente. Aqui está a mudar de cor gradualmente, como se uma tempestade se estivesse a afastar, a levar as nuvens negras e carregadas para longe e deixando os pedaços de azul claro espreitar por entre as nuvens grossas e esbranquiçadas, que estão salpicadas de rosa e laranja. Elas prendem os raios de luz que parecem querer nascer, mas ainda não são visíveis. -, Expliquei deixando-me levar pela paisagem.

- Estás inspirada a esta hora da manhã. -, Ele riu, mas não em gozo, mais de espanto.

- Adoro o nascer do Sol. Adoro a forma como as folhas ficam mais verdes com o despontar dos raios. O tom rosa dourado que se abate nas casas brancas e deixa tudo como se tivesse sido polvilhado por pó de fadas. Como as nuvens ficam a parecer algodão doce gigante que paira sobre as nossas cabeças, tão densas que parece que vão cair a todo o momento. -, Expliquei ainda embevecida pelo momento.

- Uauh, tens mesmo uma queda para a literatura. -, O Guilherme comentou, - Os teus textos são sempre poéticos. -, Terminou, fazendo-me ficar sem respirar de tão orgulhosa. Ele nunca me tinha dado uma opinião sobre os meus textos, que não fosse, *"está bom!"*. Quase chorei.

- Aqui já consigo ver uma ponta de laranja. Já chegou aí? -, Perguntou.

- Não, aqui ainda não, mas deve estar para breve. -, Respondi, fungando rapidamente a comoção. - As linhas da auto-estrada estão a ficar alaranjadas, já sentem a intensidade da luz. Como uma luz negra numa discoteca. -, Ele riu-se novamente. – Já cá está, já estou a vê-lo. -, Indiquei com demasiado entusiasmo, como se fosse ele que me estivesse a enviar o Sol. - Está tímido. Consigo ver uma faixa atrás de uma nuvem. A nuvem está roxa a tentar filtrar a luz.

- A nuvem vai ficar mesmo no meio, quando ele se levantar. Vai ficar muito giro. -, Adivinhou.

- Parece um recorte feito por uma criança. Algo totalmente a 3 dimensões, mas que não encaixa bem. O sol quer libertar-se da nuvem.

- Aqui já está quase livre. Já consigo vê-lo quase todo. Quer dizer, quase já não consigo é ver nada, está a encandear-me. -, Admitiu.

- Estás a conduzir? -, Saí por momentos da paisagem de volta ao mundo real.

- Sim.

- E a falar ao telemóvel? -, Perguntei.

- Não, é uma gravação... -, Riu-se. – Já estás a vê-lo?

- Sim! -, Voltei a olhar pela janela. – Já se libertou da nuvem. Já vejo a bola laranja. Parece um biscoito incandescente. É lindo! Está com uma cor tipo laranja com rosa. E os raios estão a passar pelas nuvens que estão à volta, como se fizessem uma aura. Como se vê nos filmes quando um ser sobrenatural ou um Deus fosse descer dos céus para dizer alguma coisa importante. Parece que o Sol tem braços e está a tocar no chão.

- Aqui está a tocar no mar e faz uma linha dourada na ondulação. -, Explicou.

- Tens uma vista muito mais gira, aqui só tenho casas e estrada, tu tens o mar. -, Suspirei de inveja. - O enquadramento é mais bonito. Ver a cor da água a mudar de negro para azul, passando pelo castanho e pelo laranja, reflectindo a cauda dourada do Sol. -, Tentei lembrar-me de um nascer do Sol ao pé do mar para saber o que ele deveria estar a ver.

- É mesmo assim que está aqui. -, Admitiu.

- As ondas embalam o dourado, como partículas de ouro flutuantes. Como se por baixo da superfície estivesse um tesouro de algum pirata e apenas nessa hora fosse visível. -, Elaborei.

- Apetece-te ir à procura desse tesouro? -, Perguntou, mas eu nem dei conta das suas palavras exactas, continuando apenas a falar.

- O rasto bate nas bóias de sinalização e elas cintilam e luzem, mesmo que estejam enferrujadas, e parece que foram banhadas com ouro ou passadas com algum tipo de laca. -, Relembrei.

- Deixaste aqui alguma câmara? -, Perguntou a rir.

- Todo o dia fica amarelado, até a nossa pele. Como se fossemos como as estátuas de Pompeia, mas ao invés de sermos cobertos de cinzas, ficamos cobertos de pó de ouro. -, Acho que já nem estava a ouvi-lo, o meu encanto pelo nascer do sol estava exacerbado.

- Estás perto de casa? -, Perguntou e tive que olhar em volta para perceber onde me encontrava.

- Sim, estou quase a chegar. -, Admiti. – É na próxima estação. Onde é que tu estás? Não sei onde moras mas não deves demorar assim tanto a chegar. -, Apercebi-me.

- Estou à porta do meu prédio. -, Confessou-me.

- Gui, porque não entras? -, Perguntei como que a ralhar.

- Se entrar na garagem fico sem rede. -, Explicou deixando-me feliz por querer continuar a nossa conversa.

- Podes desligar, eu vou sair, agora é só mais um bocadinho até casa. -, Expliquei, arrumando o meu bloco, recostando-me no bando

- Posso esperar um bocadinho mais. -, Ouvi-o dizer a tentar reprimir um bocejo. – Aqui já é dia.

- Aqui também, mas ainda tem aquela cor dourada. Eu gosto desta cor, quando bate no meu cabelo... Fico ruiva. -, Confessei no meu cansaço.

- Não te imagino ruiva. -, Ele riu-se.

- Não é bem... mas fica giro. É uma cor que lembra morangos ou cerejas. -, Elaborei, segurando a ponta do cabelo.

-Não consigo imaginar. Tenho que ver isso, um dia. -, O Guilherme acabou por dizer deixando-me esperançosa de uma continuação a este evento, visto que me estava a divertir mesmo à distância.

Saí do comboio e iniciei o caminho a pé para casa com o telefone já a arder um bocado no meu ouvido.

- Estou a ouvir os teus saltos pelo telefone. -, Ele riu-se quase às gargalhadas.

- Então? Que culpa tenho eu de fazer barulho a andar? -, Perguntei embaraçada.

- Desculpa, mas tens um andar muito característico, o pessoal sabe sempre quando vens lá. -, Explicou.

- É bom saber que o meu andar anda na boca do povo. -, Comentei, não muito contente.

- Não leves a mal, foi só uma coisa que se notou. Ainda demoras muito até chegar a casa? -, Perguntou.

- Não. Só mais uns minutinhos. Estás com soninho? -, Perguntei como se falasse com um bebé. - Já deves estar cansado de estar ao telemóvel?

- Um bocadinho, eu não bebi dois cafés. -, Admitiu. – Duas banheiras de café forte! -, Corrigiu.

- Gui, vai para casa, já estou mesmo à porta do meu prédio, acho que estou safa. -, Menti. Ele manteve-se em silêncio por um momento.

- Continuo a ouvir os teus saltos. -, Indicou, já com voz de sono.

- É porque eu continuo a andar. Ainda falta um bocadinho. -, Admiti e apressei o passo. – És completamente doido, ficares tanto tempo ao telemóvel.

- Foi giro ouvir-te a descrever o nascer do sol... Tens realmente o dom da palavra. -, Elogiou de forma embevecida.

- Obrigado. -, Agradeci timidamente. Cheguei à porta do meu prédio e ao entrar retirei os sapatos. – Já não estás a ouvir os meus saltos. – Chamei à atenção num sussurro.

- Não. -, Ele admitiu.

- Estou a subir as escadas para a minha casa com os sapatos na mão. -, Expliquei ao que ele se riu. – Agora vou desligar, para entrar em casa e dormir. Obrigado pela tua preocupação e pela tua companhia.

- De nada. -, Ele bocejou.

Desliguei o telemóvel e descolei-o da minha orelha. Abri a porta e avancei para dentro de casa de mansinho para não acordar ninguém. Entrei no meu quarto, pousei os sapatos e comecei a retirar a minha roupa para puder deitar-me de forma mais confortável. O meu telefone voltou a vibrar, desta vez já conhecia o número.

- Olá de novo! -, Cumprimentei em voz baixa.

- Olá! -, Ele cumprimentou no mesmo tom, embora eu tivesse a certeza que ele não precisava de sussurrar. – Chegaste bem à cama? -, Perguntou.

- Sim, estava agora a vestir o pijama para me deitar. -, Confessei, sem pensar bem o que estava a dizer.

- Eu também já estou em casa, mas já estou deitado, nem mudei de roupa e acho que vou ficar assim mesmo. -, Explicou. – Estou cansado demais para me mexer.

- O que te deixar mais confortável. -, Comentei. – Bem, estou agora a entrar na minha caminha e vou dormir. Dorme bem Guilherme e obrigado por tudo.

- Bom dia, Iris! -, Ele falou a sorrir.

- Bom dia, Guilherme! -, Respondi reprimindo uma risada.

Desligamos os telemóveis e deixei-me dormir lentamente, o cansaço já estava em atraso. No meu estado de quase inconsciência ainda tive tempo para me espantar com a súbita procura pela minha companhia por parte do Guilherme. Ele conhecia-me mais pelos textos que lhe enviava e onde ele sempre encontrava uma passagem que revertia para baixo da cintura, recebendo sempre uma resposta tímida, para além disso as nossas conversas eram puramente vazias, normalmente chateava-o pelos seus excelentes conhecimentos de informática quando apagava algum ficheiro que não devia ou mexia no que não devia, ele sempre me safava. Não tive tempo para pensar o que significava esta aproximação, apaguei por completo.

Capítulo 4

Acordei já a meio da tarde e a primeira coisa que vi foi o meu telemóvel, veio-me de imediato à memória a conversa longa que me tinha acompanhado a casa. Suspirei de felicidade perante aqueles momentos. Nunca me passaria pela cabeça que iria ter não só uma conversação tão longa com o Guilherme nem que iria estar preocupado com a minha chegada a casa. Deixei-me estar deitada um pouco a tentar perceber o porquê daqueles momentos. Compreendia que me tivesse cumprimentado, mas ao mesmo tempo não compreendia porque não tinha mostrado a mesma cortesia à Sara que já era sua colega há muito mais tempo e até trabalhava em maior proximidade visto que ela era responsável pelas campanhas. As suas acções confundiam-me um pouco, deixando-me desejosa de voltar a ter uma nova oportunidade de conversação para perceber porque estaria a tentar algum tipo de aproximação, talvez por eu ser uma pessoa desconhecida. Gostei da atenção que me havia dado, mas achei que não iria durar, por isso não valia a pena estar a racionalizar o seu comportamento.

Levantei-me e iniciei as tarefas de preparação para o dia seguinte, o dia do casamento. Tratei da minha pele primeiro. Depois foi a vez de ajeitar o meu vestido e verificar melhor os sapatos. Queria deixar tudo preparado para não esquecer nada no próprio dia. Senti as pernas doridas dos saltos e da dança na noite anterior, mas não me sentia cansada. Tinha dormido bem, sempre com o Guilherme no meu pensamento. Estava feliz por ter tido a oportunidade de estar com ele como dois amigos ao invés de dois colegas como sempre tínhamos estado. Aquela noite estava a ter um efeito tão benéfico em mim que nada parecia incomodar-me. Não me zanguei quando o computador encravou, nem quando a minha mãe me gritou por razões que eu própria nem percebi, apenas conseguia exibir um sorriso autêntico e sentia o meu peito cheio, como se tivesse engolido uma dose de felicidade.

O dia do casamento chegou e, considerando que tinha passado grande parte do Sábado a dormir, estava totalmente recuperada da noitada da despedida de solteira. Acordei um pouco mais cedo para ajeitar o cabelo, pois ainda demorava a conseguir o penteado perfeito. Ainda de pijama coloquei a minha maquiagem e os vários assessórios, vestindo depois o meu vestido vermelho e calçando os sapatos da mesma cor, juntando ao conjunto a minha pequena bolsa e estava pronta. A Sara chegou pouco depois para me levar para a cerimónia.

- Chegaste bem a casa? -, Ela perguntou-me quando já íamos a caminho.

- Sim -, Apenas respondi.

- Sempre vieste de comboio? -, A Sara perguntou casualmente.

- Sim. -, Repeti.

- A que horas vieste?

- Sara, agora viraste minha mãe? -, Devolvi incomodada com o questionário.

- Desculpa. Ficamos preocupadas de teres ficado sozinha. -, Explicou. – Ah, mas não ficaste sozinha, não foi?

- Tu sabes que não. -, Repliquei.

- Com que então, o Guilherme! -, Ela riu.

- Sara, por favor, não comeces! -, Implorei.

- Não vou começar nada. Mas não sabia que vocês eram próximos. -, Ela comentou.

- Nem tu nem eu. -, Repliquei. – Ele quis ficar a ouvir o dj e depois fez-me companhia até serem horas para o comboio. -, Expliquei denotando-se a minha incredulidade.

- Ele é um rapaz simpático. Não te ia deixar ficar sozinha. -, A Sara elucidou.

.- Mas não achas estranho ele querer ficar a conversar e tal? Nós mal nos conhecemos.

- Talvez por isso mesmo. -, Ela declarou casualmente. – Não dá para conhecer bem as pessoas na empresa e assim juntou o útil ao agradável.

- Sim, mas porquê eu?

- Porque não? -, A Sara apenas respondeu.

Fiquei a pensar no que a Sara me dizia, não deixando de me sentir um pouco privilegiada por ter a sua atenção e cada vez mais curiosa pela mesma. Ao passarmos a vida a trabalhar um com o outro era aceitável que o Guilherme estivesse também curioso sobre que tipo de pessoa eu seria, visto que eu também não revelava muito. Podia pensar que tudo não passava de uma personagem, mas se assim fosse iria espantar-se ainda mais pois eu sou um livro aberto e não escondo as minhas emoções. Talvez por isso tinha curiosidade em me conhecer, por ser demasiado natural. Não conseguia mesmo descortinar o porquê, o que me deixava um pouco obcecada, estava habituada a analisar todas as situações, mas neste caso não conseguia compor o suficiente para uma simples equação.

Toda a família estava feliz pelo dia que era e nós, os amigos, estávamos ainda mais excitados. Muitos de nós conhecíamos o Henrique e a Eunice há muitos anos e tínhamos assistido ao seu romance tímido, agora, testemunhar a sua união era grandioso. Brinquei com o noivo e a sua cartola, enquanto esperávamos pela noiva, ele imitando um mágico e eu a sua assistente. Na realidade tentava acalmar o meu amigo, sorrindo do facto de ele estar tão nervoso, embora fosse das pessoas mais calmas que conhecia. O fotógrafo adorou as nossas brincadeiras e andou à nossa roda a captar os momentos mais hilariantes. O Henrique tirou-me uma foto com o seu telefone, enquanto eu fazia pose pin-up, levantando o pé. Não era normal eu vestir-me daquela forma, por isso ele próprio estava a achar muita piada ao conjunto. Não tinha muitas oportunidades para me embelezar, por isso, tinha feito de tudo para estar perfeita. Sem eu saber ele colocou a foto no seu Facebook, escrevendo apenas que eu seria a Menina de Vermelho.

Sentei-me num dos bancos e esperei pacientemente pela chegada da noiva, assim que anunciaram que a mesma estava a perto. O Henrique manteve-se perto do altar olhando a porta de forma trémula, fazendo todos os seus amigos rir e comentar. Tinha a bolsa no meu colo e senti o meu telefone a vibrar. Estranhei. Abri a bolsa e verifiquei quem me estaria a ligar mas tinha sido apenas a chegada de uma mensagem. Abri a mesma com alguma curiosidade. O texto apareceu no ecrã.

"Aguentas-te de pé?"-, Li e ri-me, entendi desde logo de quem se tratava, embora ainda não tivesse gravado o seu número na memória do meu telemóvel.

"Sem problemas mas trouxe sapatos de reserva." -, Escrevi, juntando um smiley ao texto. Enviei e não consegui arrumar o telefone, ficando na expectativa de receber uma mensagem de volta. Isso não aconteceu.

A música de entrada da noiva começou a tocar e eu acabei por guardar o telefone, um pouco desgostosa, fixando a minha atenção no casamento em si. Mantive a bolsa perto do meu corpo para sentir caso houvesse nova vibração, mas tal não aconteceu durante toda a cerimónia. A Eunice estava linda no seu vestido de conto de fadas e só de a ver avançar pelo corredor daquela igreja já me comovia, perguntando-me se alguma vez encontraria alguém que me levasse a dar um passo tão importante, como os meus amigos estavam a dar. Ouvi os seus votos e não consegui evitar uma lágrima, desejando internamente que todas aquelas palavras se mantivessem verdadeiras até ao fim dos seus dias. Na presença de um dia tão importante apercebi-me que a Eunice tinha razão, era mentira que não estava à procura de uma relação. Ela sabia que eu queria estar com alguém, apenas me eludia a dizer que não, porque ninguém realmente especial tinha aparecido até à data, mas internamente procurava essa pessoa ou melhor esperava que essa pessoa me encontrasse em breve.

A festa passou para o copo de água, de forma animada e nada ordeira. Entre gargalhadas e fotos, as pessoas foram acomodando-se nas suas mesas e comendo as entradas. Eu esqueci-me do meu telefone, entabulando conversa com o pessoal da minha mesa. Estava contente por o dia estar a correr bem para os noivos e por toda a gente à minha volta ser simpática. Os sapatos que trazia estavam a começar moer-me os dedos dos pés e por isso levantei-me discretamente e fui até ao carro para mudar os mesmos. Levei o saco para a casa de banho para me trocar e aproveitar para verificar a maquilhagem. Troquei os sapatos e lembrei-me no meu telefone. Abri a minha bolsa e espreitei o ecrã a suster a respiração. Ralhei comigo mentalmente por estar assim tão ansiosa por receber uma mensagem. De certeza que ele não ia responder, não havia nada para dizer, ele estava apenas a brincar quando tinha enviado a primeira. No ecrã encontrava-se o símbolo de mensagem e a minha respiração soltou-se em cataduppa, como se eu já não soubesse respirar.

"*Vermelho, muito bem!*" -, Apenas escreveu. Fiquei confusa, como é que ele sabia o que eu trazia vestido, não lhe tinha falado da indumentária antes e ele também não se encontrava no casamento. A sua mensagem deixava-me inquieta. Não queria perguntar directamente como sabia, mas não fui capaz de me conter.

"*Deixaste uma câmara aqui?*" -, Escrevi tal como ele me comentara na noite da despedida de solteira. Levantei-me e ajeitei o cabelo e a maquilhagem. Caminhei de forma mais confortável de volta à minha mesa e ao sentar-me, senti de novo a vibração, com um sorriso nos lábios abri de imediato a mensagem.

"*Estás na internet! Dá os parabéns ao Henrique.*" -, Ele escreveu e eu entendi de imediato o que teria acontecido. O meu sorriso não baixou mais. Ele tinha achado o meu vestido bonito, ou teria achado que eu estava bonita nele? Parecia uma adolescente a pensar naquele rapaz que lhe tinha olhado pela primeira vez. Mas não conseguia conter esses pensamentos. Acompanharam-me todo o dia, talvez porque ainda estava envolta nas comoções do dia que presenciava. Já pensava que o Guilherme podia ser aquela pessoa especial o que era estupido, ele só estava a brincar como sempre fazia.

- Estás com sorriso de caso! -, O Henrique acabou por dizer quando eu observava a pista de dança nas cadeiras da rua.

- Estou feliz por o teu dia estar a correr bem. -,
Expliquei-lhe.

- A Eunice contou-me que ficaste com o Guilherme
na noite da despedida de solteira. -, Ele indicou
directamente, - Como é que correu isso?

- Nada demais. Ficamos a ouvir o dj e depois ele
deixou-me na estação. -, Relatei como se não fosse nada,
mas o brilho que os meus olhos exibiam eram óbvios para
o Henrique.

- Conta lá isso melhor. -, Ele insistiu.

- Não aconteceu nada, Henrique. -, Repeti. – Foi
fixe falar com ele fora do trabalho, ele é simpático, boa
onda. Fez-me companhia até o meu comboio chegar. -,
Expliquei.

- E tu estás, completamente, apanhada por ele. -,
O Henrique terminou a frase que, mentalmente, eu dizia,
deixando-me encavacada, como ele me conhecia que
quase era capaz de ler o meu pensamento naquele
momento.

- Não estou. -, Defendi. – Estou um pouco curiosa
sobre o seu interesse.

- E isso faz-te estar interessada em estar com ele mais vezes. -, O Henrique concluiu.

- Notasse muito? -, Perguntei a medo.

– Dá para perceber na forma como falas, não consegues evitar o sorriso e os teus olhos ficam maiores.

- Dá para perceber? -, Apenas repeti receosa.

- Só para mim que já te conheço bem. -, Ele assegurou-me, relembrando-me a nossa amizade de tantos anos. – Isso tem futuro?

- Acho que não. Somos amigos, nada mais. -, Clarifiquei, enquanto o Henrique acenava a cabeça como se estivesse a ponderar arduamente as minhas palavras. - Tu não me disseste que tinhas posto a minha foto na internet. -, Relatei.

- Quem te disse? -, Perguntou um pouco triste por quem quer que fosse ter estragado a surpresa. O Henrique sabia que só iria ver no dia seguinte quando ligasse o computador para trabalhar, conhecia-me como sendo uma pessoa desligada das redes sociais.

- O Guilherme mandou-me uma mensagem. -, Confessei, fazendo-o soltar um *Ah!* Que dizia muita coisa, muita coisa que eu receava saber. Bati-lhe no ombro para o comandar a pôr de lado a sua imaginação e os subsequentes comentários que a mesma iria trazer.

- Assim o pessoal vê as tuas várias cores. -, Comovi-me com a sua forma de me integrar. - E até se esquece de me perguntar sobre o casamento. -, Ele terminou o raciocínio. – Já está a resultar.

- Ele mandou-te os parabéns! -, Anunciei não muito convencida pela explicação.

- Depois diz-lhe que eu agradeço. -, O Henrique pediu-me, levantando-se.

- Porque não lhe dizes tu? -, Perguntei, mas apenas levei um olhar de lado, como se fosse preciso explicar qual era a ideia.

Já era algo tarde quando saímos de volta para casa e eu já estava totalmente exaurida. Quase adormeci na viagem, mas lutei com o sono, observando as luzes da estrada para me manter de olhos abertos. Na minha mente tinha uma batalha: o que escrever ao Guilherme para agradecer. Não conseguia ter uma ideia original, qualquer coisa que me lembrasse parecia ser um bocado redutora, mas a mensagem a passar não era realmente muito elaborada. Irritava-me um pouco que uma pessoa que é paga para escrever textos inspirados não conseguisse arranjar palavras para uma simples mensagem de texto, mas por vezes as tarefas mais simples são as que mais complicadas se tornam. Tinha a cabeça já cansada e não conseguia concentrar-me. Acabei por retirar o telefone e apenas escrever:

"*O Henrique diz – Obrigado!*" -, Simples e eficaz. Esperei por uma resposta mas o meu telefone não voltou a vibrar, nem nessa noite nem no dia seguinte. Passei todo o feriado a esperar mas nada.

Senti-me estupida e triste. Podia sentir-me contente por ele ter comunicado antes mas apenas fiquei triste pela linha de comunicação se ter quebrado. Nem me ocorreu que no dia seguinte o iria ver. Espiei as fotos do casamento na internet, aproveitando para ver o perfil do Guilherme, calculei que poderia ter uma ideia do que estaria a fazer durante o fim-de-semana, mas não consegui qualquer informação. Esperava ao menos um comentário na minha foto no perfil do Henrique, mas o único que lá estava não era seu. A minha felicidade deu lugar ao contentamento. Contentava-me com o que tinha vivido antes e não esperava mais do que isso.

Entrei ao serviço como sempre e iniciei as minhas funções. Estava cansada, não tinha dormido muito bem a noite. A temperatura tinha subido e isso tinha-me feito acordar múltiplas vezes. As olheiras eram bem visíveis e dificultavam a visão do monitor do computador, assim como o cansaço bloqueava o surgimento de qualquer frase inspiradora. De vez enquanto alguns colegas chamavam a minha atenção para comentar a minha aparência no dia do casamento.

O trabalho continuou sem grandes percalços embora de forma lenta. Esperava algum tipo de comunicação por parte do Guilherme, ansiava por vê-lo e explorar um pouco mais o seu interesse, mas não esperava o facto de que ele não se encontrar para trabalhar. A sua secretária encontrou-se totalmente vazia durante a semana toda. Ouvi alguns colegas comentarem que ele estava a tratar de assuntos da empresa fora do país. Por um lado sentia-me triste por não o ver, mas por outro, também não queria que me visse afectada pela sua ausência. Tinha começado a semana a encarar a situação como a leitura de um livro para uma análise profunda, mas a sua ausência era como se o dito livro estivesse em branco. Sentia-me frustrada.

- Já te mudaste para a casa do Luís? -, A Sara perguntou ao se aproximar, não interrompendo nada, visto que eu estava com algumas dificuldades em me concentrar num texto inspirado. Só me vinham à memória frases que nada tinham que ver com o produto em si, nem mesmo a minha vela amarela da inspiração me estava a ajudar.

- Deixei as minhas coisas esta manhã. Acho que ele vai amanhã para a Austrália. -, Respondi ainda a olhar para o ecrã. Confirmando a minha missão de ocupar uma casa enquanto o seu dono se divertia com desportos radicais no outro hemisfério.

- Então, temos que combinar alguma coisa. -, A Sara de imediato ofereceu.

- Não posso. Vou estar a fazer um evento no Mama Joana. -, Declinei, olhando-a.

- A sério?

- Sim, ela lembrou-se de fazer uma barraca de beijos no meio do bar. Os lucros revertem para o apoio às vítimas da SIDA. -, Relatei. – Achei engraçado e vou lá ajudar.

- Vais passar a noite a distribuir beijos? -, A Sara perguntou com algum descrédito.

- Sim, com aquelas raparigas que foram connosco distribuir preservativos no festival de música, lembras-te? - , A Sara semicerrou os olhos para lembrar-se, acenando de seguida. - Queres vir também? As bebidas são grátis.

- Desculpa, mas não tenho paciência para isso, nem te consigo a imaginar a ter paciência para isso -, Confessou. - Mas se estiveres aborrecida, diz qualquer coisa. -, Ofereceu, afastando-se e deixando-me a pensar que talvez apenas tivesse concordado em ir para ocupar a minha mente com qualquer outra coisa a não ser pensar onde estaria o Guilherme.

A barraquinha dos beijinhos estava bem bonita, decorada a vermelho, com fitas e pequenos lábios pendurados. À frente tinha o cartaz a indicar 0,50 € o beijo. Éramos várias meninas e cada uma de nós tinha a sua lata. Tudo iria reverter para a caridade, por isso o pessoal estava a aderir muito bem. Muitos rapazes já se tinham aproximado para beijar as meninas bonitas que se apresentavam. A minha lata ainda não tinha muita coisa, mas também eu não estava preocupada com isso, estava ali mais pela brincadeira.

O bar foi ficando mais animado e a nossa barraca mais concorrida. O facto de nós termos bebidas de borla fazia com que também estivéssemos mais animadas e predispostas à brincadeira, no entanto, ao nosso lado estava estacionado um tanque de 1.70m de envergadura para garantir que a brincadeira não ia longe demais.

Eu estava a aproveitar a música, abanando a cabeça e conversando com uma das minhas amigas, quando senti presença ao meu lado e me virei. A minha surpresa foi imediata. O Guilherme estava encostado ao balcão com o seu sorriso magnífico estampado nos lábios. Os seus olhos mostraram-me, sem que ele se apercebesse, que vinha a magiar alguma. Sorri-lhe e debrucei-me sobre o balcão para o ouvir melhor. Sem querer inalei o seu perfume doce ficando zonza por um milésimo de segundo. Assaltou-me a percepção que não era o mesmo que usara na discoteca, assustei-me pelo facto de me recordar de algo que nem me tinha dado conta de ter reparado naquela noite.

- Olá! -, Ele cumprimentou cordialmente.

- Olá! Bem-vindo ao Mama Joana. -, Retribuí.

- O que se vende aqui? -, Perguntou, se bem que era óbvio.

- Beijos para a ajuda aos doentes de SIDA. -, Expliquei.

Ele estudou a barraca com muita atenção, enquanto eu o estudava a ele, ainda debruçada sobre o balcão.

- Só tenho uma nota de 5! Dão troco? -, Perguntou a rir-se.

- Não. -, Ri-me.

- Então a que tenho direito por 5€?

- 10 beijos. Mas tem que ser sempre com a mesma pessoa para que se possa contabilizar. Não queremos ninguém aqui a levar borlas. -, Expliquei de forma profissional.

- Só isso? Não há nada mais especial? -, Ele perguntou num sussurro. – Para um amigo? -, Sorri rolando os olhos. Debrucei-me ainda mais sobre o balcão fazendo-lhe sinal para se aproximar também.

- Podes ter... 5 beijos... -, Indiquei num sussurro rouco, levantando depois as sobrancelhas e pousando o olhar nos seus lábios. O esgarçar dos seus lábios deu-me a entender que teria entendido perfeitamente o que explicara. Era apenas uma brincadeira, como tantas que já tínhamos tido, as propostas de envolvimento sexual já eram comuns entre todos no departamento em que estávamos inseridos, como alguém se oferecer para ver a minha primeira vez, quando na realidade apenas falávamos em eu me estrear em novas funções, ou o Guilherme perguntar se podia espiar a pornografia do meu computador quando apenas tentava ajudar com alguma dificuldade informática.

- Então quero ... 5! -, Pediu, lançado um olhar para trás de mim. Fiquei surpresa com a sua decisão, pensei que tivesse percebido que era apenas uma brincadeira da minha parte. Mas calculei pelo seu olhar por cima do meu ombro que já tivesse escolhido a pessoa de quem queria os beijos, já sabia que assim que envolvesse mais alguém na brincadeira ele iria recuar, como sempre tinha feito. O Guilherme e eu tínhamos uma coisa em comum gostávamos de levar a brincadeira até quase ao inevitável e quando todos já estavam convencidos íamos embora deixando todos decepcionados.

- Ok, na boa! Alguém em especial? -, Perguntei virando-me para trás para apontar para as minhas amigas que me haviam, no entanto, desertado. Fiquei um tanto embaraçada por estar sozinha e não me ter dado conta disso. A cor deve ter subido às minhas bochechas. Voltei-me novamente e o seu sorriso era ainda mais largo, apercebendo-se o meu embaraço. – Ok, parece que reverte para mim. Dinheiro primeiro, por favor. -, Pedi, colocando a lata para a frente, esperando a qualquer momento que ele recuasse.

A nota dobrada foi inserida na ranhura para meu assombro. O Guilherme ia mesmo deixar-me beijá-lo? Debrucei-me um pouco mais sobre o balcão, segurei-lhe a cara, acreditando que a fosse virar no último segundo, aproximei-me devagar dando-lhe todo o tempo para o fazer, ele ficou um pouco mais sério e eu depositei um pequeno beijo nos seus lábios. Foi a primeira vez que nos tocamos dessa forma e senti todo o meu corpo a estremecer com o contacto. Foi real. Foram apenas 2 segundos de toque, mas pareceu-me uma eternidade. Abri os olhos e sorri-lhe, ele imitou-me num acto perfeitamente natural. Retirei um preservativo do cesto ao meu lado e entreguei-lho. Fazia parte do procedimento, ele inspeccionou-o, era vermelho, sorriu e colocou-o no bolso.

- Queres todos de uma vez ou preferes voltar mais tarde? -, Perguntei como se estivesse mesmo a vender um produto a sério.

- Volto daqui a mais um bocado. -, Indicou-me. – Não te esqueças de quantos me deves! -, Advertiu.

- Não me esqueço, não te preocupes.

O Guilherme afastou-se deixando-me a pensar no nosso toque. Passei os dedos pelos lábios tentando manter o calor, para ele foi uma brincadeira entre amigos, para mim foi uma experiência divinal. Estava estupefacta quanto à sua atitude e ainda mais quanto à minha reacção. Não tinha nutrido qualquer atracção à sua pessoa mas ali estava eu paralisada a agarrar-me ao simples toque de lábios. Ainda fiquei a fita-lo por um tempo. Pouco tempo depois as minhas amigas reapareceram e as suas expressões mostravam-me que havia perguntas que queriam fazer, de certeza que teriam visto o que acabara de acontecer. Deduzi isso mesmo quando percebi que não tinha havido qualquer intervenção por parte do nosso guardião. Olhei-o de soslaio e também ele sorria encorajando-me a algo que eu nem entendia. Fiz cara de zangada, perante o interrogatório ocular, mas por dentro estava feliz por isso ter acontecido. À laia de castigo não retribuí os seus olhares inquisitórios com qualquer resposta, continuei apenas o meu trabalho, mas sempre com um olho no Guilherme.

Ele estava com um grupo grande e apenas conversava e bebia com o seu pessoal de forma descontraída. Estava distraída a olhá-lo, quando o seu olhar cruzou com o meu. Sorriu-me e eu fiz o mesmo instintivamente, recriminando-me de seguida, se não tivesse sorrido ele não perceberia que estava a olhá-lo, podia estar a ver outra coisa qualquer. A minha discrição desvanecia-se na surpresa e felicidade de o ver e no consumo das várias bebidas que iam sendo colocadas no nosso balcão.

Vi-o a aproximar-se com uma rapariga e coloquei-me quase em posição de sentido, não deixando dúvidas para ninguém do quanto esperava esta aproximação, mesmo que a mesma trouxesse uma convidada inesperada. O Guilherme cochichava no ouvido da rapariga fazendo-a rir, enquanto apontava para a nossa barraca e eu mordia-me, estupidamente, para saber o que falavam.

- Venho buscar mais um. -, Brincou assim que chegou. De novo segurei a sua cara e pousei os meus lábios nos seus durante um segundo apenas, fazendo a sua companheira rir bem alto como se tivesse acabado de ver algo em que não acreditava. Ele sorriu assim que lhe soltei a cara, inclinando depois a cabeça para a rapariga em confirmação. Devia estar a sentir-se muito especial naquele momento, tinha atenção VIP. Irritou-me um pouco a sua presunção. – E não tenho direito a mais nada? -, Perguntou-me, fazendo o armário que estava por perto vacilar na sua posição. Olhei-o de lado a sorrir e vi os seus olhos pousarem no cesto ao meu lado.

- Desculpa, não quero que te falte nada! -, Desculpei-me entregando-lhe um outro preservativo, desta vez era amarelo. – Usa com moderação! -, Acrescentei e a sua gargalhada foi alta.

- Trouxe-te uma nova cliente. -, O Guilherme anunciou por fim.

Virei a minha atenção para a rapariga, inclinando a cabeça e esperando pela sua acção. Ela colocou uma moeda de 50c na lata e eu debrucei-me para lhe dar um beijo na face, de seguida entregando-lhe o preservativo. A rapariga estava divertidíssima com todo o processo, mas não me pareceu que estivesse muito atenta ao propósito da coisa. Ri-me com ela apenas como distracção.

O empregado do bar depositou ao meu lado as bebidas destinadas às meninas da barraquinha e o Guilherme deitou-lhes um olhar.

- Têm direito a bebidas à borla? -, Perguntou-me.

- Nós precisamos de muita hidratação. -, Expliquei, segurando na que me era destinada, ele acenou em concordância, não tirando os olhos do meu copo. Pousei o copo de volta no tabuleiro e aproximei-o do seu corpo, ele segurou o mesmo por puro reflexo. – Se me trouxeres mais clientes dou-te estas bebidas. -, Propus. Ele olhou-me de lado e a rapariga ao seu lado largou de imediato a rir, pelas gargalhadas soltas e a falta de conversa entendi que ela já estava em estado avançado de felicidade alcoólica.

- Essas são para vocês! -, Recusou cordialmente, empurrando o tabuleiro contra o meu corpo.

- Podemos pedir as que quisermos. -, Expliquei. – A minha lata está mais vazia que a das outras. Tenho que fazer isto converter. -, Ele riu-se à menção de um termo usado recorrentemente no trabalho. – Queres aproveitar a promoção? Não vai valer por muito tempo. -, Perguntei.

- O Henrique está a ter uma péssima influência em ti. -, Comentou, conhecendo o Henrique como sendo uma pessoa determinada no seu trabalho como director de projectos. – Vou ver o que posso fazer. -, Declarou levando o tabuleiro consigo.

Na realidade todos eramos vendedores embora de formas diferentes, cada um de nós, naquela empresa, trabalhava uma peça de um puzzle que nos permitia vender alguma coisa, mas naquela situação não se tratava de vender algo, mas sim conquistar. Com aquele gesto tentava conquistar a sua confiança ainda mais e mantê-lo por perto, mesmo que fosse apenas por uma breve brincadeira.

Afastou-se com a sua amiga e o nosso tabuleiro de bebidas e eu fiquei a espiar para ver qual seria a reacção do seu grupo. Vi-o a segredar ao ouvido o que se tinha passado a alguns dos amigos. As suas caras viraram na minha direcção e os seus copos levantaram-se em agradecimento pouco depois. Levantei a mão para agradecer a cortesia. Depois vi-o a falar novamente com o pessoal e aí presumi que estivesse a tentar convencê-los a vir ter comigo. Como todos estavam de costas para mim, era-me difícil saber se haveria algum sucesso ou não. Fui distraída por mais umas pessoas que me pediram beijos e fui distribuindo animação.

Um novo tabuleiro de bebidas foi colocado perto de mim e desta vez distribui as bebidas pelas minhas colegas, que nada contentes tinham ficado com a minha decisão anterior. Dancei com elas ao som da música enquanto não tínhamos clientela, fazendo piadas para amenizar as coisas. Alguém tocou no meu ombro chamando-me à atenção para olhar para trás. Olhei e vi que uma grande quantidade de gente se encontrava à frente da minha lata. Arregalei os olhos em total surpresa.

- Aquelas pessoas dizem que querem ser atendidas por ti. -, Uma das minhas amigas indicou-me.

Aproximei-me do balcão vendo o Guilherme aproximar-se pelo meio das várias pessoas. Sorri-lhe, acenando a cabeça em espanto. Ele abriu os braços e mostrou-me que me trazia todas aquelas pessoas. Pisquei-lhe o olho ainda sem acreditar na situação e comecei a atender os meus fregueses semeando beijinhos a todos e entregando os quadrados coloridos que se incluíam no preço.

- Eu tenho 1 euro, mas não precisas de me dar beijos, está bem? Não me leves a mal, mas não sei onde é que os teus lábios andaram. -, Um dos amigos indicou, deixando-me ofendida.

- Nem todos são corajosos como tu! -, Brinquei com o Guilherme.

- É pá, desculpa lá, mas não tens medo de apanhar herpes ou assim? -, O amigo perguntou, deixando-me ainda mais desconfortável.

- Se fosse a pensar assim não ia a lado nenhum, não achas? -, Comentei a rir.

- Mas a sério, nunca se sabe quem é que aqui vem. -, Ele comentou.

- Nós podemos sempre recusar-nos a dar. -, Expliquei, - Mas estamos numa barraca para o apoio à SIDA, não ficava muito bem andarmos a recusar pessoal.

- Mas não tens medo? -, Ele voltou a perguntar, olhei o Guilherme do meu lado, visivelmente incomodada pela conversa do seu amigo.

- Olha lá, se é para ficares aí a queixar-te não vale a pena. -, O Guilherme ralhou-lhe.

Debrucei-me no balcão e beijei o ar à volta da face do rapaz, tendo o cuidado para não colar qualquer pedaço de pele à sua face, para não espalhar quaisquer germes. O rapaz agradeceu a gentileza e o Guilherme só se ria com a minha forma de lidar com o seu amigo. Parecíamos duas senhoras antigas a cumprimentarem-se.

- Achas que conseguiste converter? -, Perguntou-me depois do pessoal ter sido todo atendido e se afastar. Olhei para a minha lata e comparei.

- Já estou mais ao nível do pessoal. -, Indiquei, fazendo-o rir. – Obrigado pela tua ajuda.

Passei-lhe uma das bebidas que tinha sobrado. Ele sorriu-me em agradecimento, brindamos e bebemos. Acabei por caminhar até à rua e ele seguiu-me sem que lhe tivesse que pedir. Encostei-me à parede exterior do bar e acendi um cigarro.

- Então como é que te meteste nisto? -, Perguntou-me, encostando-se ao meu lado.

- Uma amiga trabalha com esta associação há algum tempo e pediu-me para dar uma ajudinha. Achei uma iniciativa engraçada! -, Expliquei, soltando o fumo do cigarro.

- Eles não se chateiam de estares a fumar? -, Perguntou a tentar fazer conversa.

- Nada! A maior parte do pessoal também fuma, ninguém nota. Isto é um bocado na brincadeira. -, Expliquei a sorrir e tirei um gole da minha bebida.

- Tu só vieste pelas bebidas à borla, confessa lá? -, Ele brincou, bebericando a sua.

- Já me conheces! -, Comentei a rir. – E tu o que fazes aqui?

- É o aniversário de um dos meus amigos e ele quis vir aqui beber um copo. -, Explicou.

- Devias ter-me dito qual deles era. Merecia um beijinho extra. -, Comentei como se estivesse ultrajada pela sua falta de tacto.

- Disseste que não davas borlas! -, Ele defendeu-se.

- Disse que não te dava borlas a ti. -, Contrapus, fazendo-o rir-se.

- És má para mim! -, Ri-me mais alto.

- Traz mais malta e eu dou-te uma borla. -, Comprometi-me.

- Dás-me uma borla, isso não parece mal nem nada! -, Gozou, virando-se e apoiando o cotovelo na parede, olhando-me com extremo interesse falso.

- Bolas, não perdoas! -, Comentei. Rimo-nos em conjunto. Já se notava que ambos estávamos alegres com o consumo de álcool. – Tenho que voltar para dentro. -, Indiquei apagando o cigarro.

Voltei para a minha posição e, de novo, o Guilherme segui-me, não sabia exactamente porquê, mas ao chegar ao balcão achei que devia dizer alguma coisa para o manter por perto.

- Queres mais um? -, Perguntei-lhe, referindo-me ao seu crédito.

- Em quantos vamos? -, Ele perguntou um pouco perdido.

- Com este são três. -, Indiquei-lhe. – Ficam a faltar dois.

- Ok, está bem. -, Segurei-lhe a cara e juntei os meus lábios aos seus, novamente.

Aqueles pequenos toques enchiam-me de excitação e tive medo que ele notasse, mas não deu qualquer sinal disso. Voltei a entregar-lhe mais um preservativo que ele guardou no bolso e sorriu-me enquanto o fazia, como se fosse uma criança a guardar um rebuçado roxo. Piscou-me o olho e acenou-me, afastando-se depois para junto dos seus amigos. A minha respiração ficou mais acelerada ao vê-lo andar pelo bar. Fiquei a fitá-lo, sem me importar que se notasse perfeitamente que o fazia e uma das minhas colegas acabou por me dar um carolo para me acordar do meu transe.

Assumi novamente o meu posto com toda a alegria, mas os meus olhos passavam todo o bar em revista, notando toda e qualquer deslocação do Guilherme. Tentei perceber se alguma das meninas com quem estava estariam interessadas nele, ou se estaria mesmo numa relação com qualquer uma delas, mas não era possível entender isso. Todos estavam na brincadeira e ele passava o braço pelos ombros de todas. Dava para perceber que eram próximos, mas não mais do que isso. Recriminei-me por estar quase com ciúmes e tentei afogar isso com mais algumas bebidas e conversas de circunstância com os fregueses.

O Guilherme passou novamente pela barraca para receber mais um beijo, o seu quarto e assim estavam a acabar-se as hipóteses de toques mais íntimos. Desta vez eu debrucei-me para lhe segurar a cara, mas ele adiantou-se, segurando-me ele próprio a minha cara e pressionando com bastante força os seus lábios aos meus. O nosso segurança vacilou na sua posição, mas percebeu de imediato que estava tudo controlado. Soltei-me do seu beijo que durou um pouco mais do que aqueles que eu já lhe tinha dado, passei-lhe mais um preservativo, verde, desta vez, e senti toda a minha cara a encher-se de vermelho. Ele fez-me sinal para me baixar e ouvir o que tinha para me dizer. Colei a minha orelha à sua boca.

- Já percebi porque é que elas estão a converter mais do que tu. -, Anunciou num sussurro alto para que se pudesse fazer ouvir por cima da música, a sua voz estava enrolada e tive alguma dificuldade em perceber exactamente o que tinha dito. Levantei o queixo, curiosa pela sua teoria. – Decotes! -, Indicou. Passei as minhas colegas em revista e percebi que todas tinham decotes profundos e eu estava com uma t-shirt que me tapava por completo. Acenei em tristeza.

- Cada um tem a sua arma! -, Comentei, sentindo-me um tanto desagradada com o facto. Não por elas terem mais atenção que eu, mas por ele ter reparado na razão evidente. No entanto eu tinha ficado com os seus beijos, tentei consolar-me.

- Já sabes para a próxima... -, Indicou-me, sem perceber a minha desilusão.

- Obrigado pelo conselho. -, Agradeci mas de forma triste.

- Ficaste mal? -, Perguntou depois de um estudo mais profundo da minha face, puxando-me a mão para tentar perceber melhor e senti-me honrada pela sua preocupação.

- Não! -, Menti, mas não de forma convincente.

- Mas olha, és mais simpática do que elas. -, Comentou para me reconfortar e sorri de volta derretida no seu elogio. – Dás bebidas à malta. -, Elaborou.

- Interesseiro! -, Brinquei.

Uma outra pessoa aproximou-se do meu posto e deixei de prestar atenção ao Guilherme, ele acabou por afastar-se e eu nem reparei.

Continuei sempre com a minha busca por ele, mas perdi-o no meio da confusão. Acabei por desistir da procura, pois estava já bastante cansada. Tentar disfarçar o meu fascínio e a forma como ele me afectava começava a ser demasiado para o meu cérebro. Saí do meu posto para puder usar a casa de banho, estava cheia de calor e precisava de molhar a minha pele. A noite parecia estar a ser interminável e faltavam ainda umas boas horas para terminar o nosso trabalho. Só fechávamos quando o bar fechasse. Já estava totalmente farta daquilo e com o passar da noite o pessoal ia ficando intoxicado e já não tinha tanto respeito, queriam brincadeira e o nosso segurança já não tinha mãos a medir. A Sara tinha razão, começava a ficar sem grande paciência para estar ali, mas não podia abandonar o barco a meio, não queria decepcionar a minha amiga que no meio de tanta confusão ainda nem tinha visto.

Passei o papel higiénico molhado pela pele que tinha visível, aliviando o meu calor, mas apenas por uns momentos. Bebi água directamente da torneira, para tentar esfriar por dentro, compus-me e voltei a sair para aguentar mais um pouco.

Alguém me tocou o braço assim que sai à porta. O Guilherme chamava a minha atenção. Sorri-lhe e aproximei-me mais para que nos pudéssemos ouvir, ele tomou-me a mão e afastou-se do seu grupo. Ficamos num canto mais recôndito do bar, onde a música não soava tão alta e quase ninguém nos conseguiria ver.

- Vou-me embora e não quero que me fiques a dever. -, Explicou a rir, dava para ver que já tinha tomado algumas bebidas a mais. Ri-me da sua expressão.

Aproximei-me, estiquei-me, segurei-lhe a cara e colei os meus lábios aos seus. Senti os seus a tentar movimento debaixo da minha pressão. Descolei-me do meu ligeiro toque e depois segurei o seu lábio com os meus. Como não senti nenhum vacilar da sua parte, passei a língua pelos seus lábios como se lambesse um gelado. Seria para acabar por ali, tinha sido ele a iniciar a brincadeira, mas eu iria acabá-la, estava confiante que o deixaria embaraçado e vencido. Mas o Guilherme quis um pouco mais, puxou-me a cara para si, e os nossos lábios tocaram-se novamente, mordendo-se. Senti a paixão a querer apoderar-se de mim, mas contive-me e soltei-me do seu beijo. A brincadeira já ia demasiado longe e já nem tinha certeza se era mesmo uma brincadeira para ambos os lados.

- Já esgotaste o teu crédito. -, Indiquei afastando-me para voltar para a minha posição na barraca e escapar aos meus próprios sentimentos.

Sentia todo o meu sangue a correr pelas veias a mil à hora. O meu coração queria saltar-me do peito, em parte pela excitação do beijo dado, mas em parte pelo nervosismo que sentia. O Guilherme poderia levar aquele gesto a mal e lá se ia toda a aproximação que estava a tentar construir. Olhei para trás e apercebi-me que ele havia ficado paralisado no mesmo sítio, talvez a tentar entender o que havia acontecido. Talvez ele também não achasse que iriamos tão longe. Quando estava a chegar à barraca, senti a sua mão a tocar-me no ombro. Percebi logo que era o seu toque, já me havia tocado antes daquela forma, apertando ligeiramente a clavícula, tipo ataque do Mr. Spock, mas de forma afectuosa. Virei-me num sorriso que não consegui conter.

- Posso oferecer-te uma bebida? -, Perguntou numa expressão confusa e eu acenei de imediato.

Caminhamos até ao bar. Da barraca conseguia ver as minhas amigas a comentar e a rir da situação. Era um pouco ridículo pagar-me uma bebida visto que eu tinha bebidas de borla, era lógico que era um pretexto e os meus olhos procuravam algum sítio seguro para onde olhar, para que ele não pudesse ver a onda de contentamento que neles se levantava. Passou-me a bebida para a mão. O copo era pequeno e continha um líquido castanho esverdeado escuro e estranho. Fiz cara desconfiada ao olhar para aquilo, ele sorriu e piscou o olho, bebeu de um trago só e eu imitei. Quase me engasguei com o sabor acre da bebida. Toda a minha garganta ardeu à passagem daquele líquido. Abanei a mão em frente à boca a tentar conter as lágrimas e ele riu-se. Estranhamente, depois do impacto inicial a bebida até sabia bem e tinha um sabor doce. Sorri ao aperceber-me disso mesmo.

- Queres outro? -, Perguntou.

- Oh yeah! -, Respondi.

Ele passou-me novamente um copo com aquele líquido castanho esverdeado, brindamos e bebemos ao mesmo tempo de um trago só. O impacto inicial já não foi tão forte, mas mesmo assim ainda não estava totalmente à vontade. O Guilherme parecia estar bem, embora fizesse uma careta ou outra.

- O que é isto? -, Perguntei-lhe ao ouvido.

- Não sei! Foi sugestão do barman. -, Explicou ao meu ouvido.

- Se calhar deu-nos alguma cena fora de prazo. -, Gozei.

- Pela cor... -, Ele riu-se.

- Tenho que voltar ali para as minhas funções. -, Indiquei, apontando para a barraca. – Passa por lá, depois! -, Convidei, esquecendo o facto de ele me ter dito que ia embora.

- Já não tenho mais crédito. -, Ele indicou tristemente.

- Sempre se arranja qualquer coisinha... -, Indiquei, levantando as sobrancelhas, um pouco acesa pela bebida.

Afastei-me do bar e voltei para a minha posição, claro que fui de imediato alvo de questionários e comentários. Não quis revelar nada, mas era visível. A brincadeira parecia tornar-se num jogo desastrado de sedução. Fui abordada pela pergunta se iria deixar algo mais avançar, encolhi os ombros sem dar uma resposta concreta, do que se passava cá dentro apenas eu saberia, mas começava a querer partilhá-lo com o Guilherme.

Com o decorrer da noite, sentia-me a ficar cada vez com mais calor e cada vez mais atraída à ideia de deixar o que estava a fazer e dançar ou correr pelo bar para libertar toda a tensão que sentia a acumular-se dentro de mim. Sentia-me estranha. A minha libido estava a começar a apoderar-se de mim, sem que eu me desse conta desse mesmo facto. Sempre que tinha um vislumbre do Guilherme ao longe, sentia pontadas em todo o meu corpo, como se tivesse imanes agarrados e ele fosse uma coluna de magnetismo. Ele não se foi embora como me tinha dito. Permaneceu com um grupo mais reduzido de amigos e eu respirava fundo para controlar estes impulsos mais primitivos enquanto tentava não fitá-lo, mas era infrutífero.

Reparei que ele também já não estava no seu estado normal, estava mais acelerado e sorridente, falava um pouco mais alto do que era normal. Àquela hora da noite já ninguém se sentia muito normal, mas acho que eu ainda continha algum discernimento. O bar já estava a morrer e por isso arrumamos a nossa barraca e começamos a preparar a nossa saída. A nossa líder entregou os ganhos da noite à Joana a gerente do Mama Joana, que depois devia entregar tudo à instituição que patrocinou o evento. Pela primeira vez vi a minha amiga e fiz uma festa, já alterada pela bebida. A Joana apenas se riu do meu estado, oferecendo-me um abraço e abandonando-me para não fomentar ainda mais a minha boa disposição. Ouvi falar atrás de mim, quando me preparava para sair.

- Sim? -, Respondi sem perceber o que queria de mim.

- Conheces aquele rapaz? -, O segurança-guardião voltou a afirmar em forma de pergunta.

Olhei na direcção da ponta do seu dedo e encontrei o Guilherme, sentado numa cadeira, com a cabeça entre os joelhos, não parecia estar a passar muito bem. Aproximei-me de imediato e baixei-me ao seu lado. Toquei-lhe no cabelo e ele olhou-me. A sua expressão estava diferente, mas não parecia estar mal disposto, mas também não parecia ser capaz de se exprimir, por isso não perguntei mais nada.

- Dá-me o teu cartão. -, Pedi. A custo, retirou do bolso o cartão de consumo e eu entreguei-o ao segurança. – Podes pôr na minha conta, que já passo a pagar? -, Pedi gentilmente e o segurança afastou-se. – Consegues levantar-te? -, Perguntei, ele não me deu resposta verbalmente, apenas esticou os braços na minha direcção para que o ajudasse. Amparei o seu corpo com o meu e os calores, que já me assolavam, ficaram ainda mais intensos. Tivemos que parar à porta para que eu pudesse pagar a conta. Ele conseguiu manter-se de pé sozinho, o que já de si era uma vitória, não estava assim tão mal que já não se aguentasse.

- O que vais fazer agora? -, O segurança perguntou.

- Vou ter que o levar a casa. -, Expliquei. – Não o vou deixar assim.

- E sabes onde ele mora? -, Perguntou-me e nesse mesmo instante entendi que não.

Inseri a mão no seu bolso de trás e retirei a sua carteira. Ele nem vacilou, parecia que não estava presente. Abri-a e retirei a carta de condução.

- Agora já sei. -, Comentei de forma orgulhosa. – Vamos embora. -, Indiquei voltando a amparar-lhe o peso.

Ele parecia ter perdido a capacidade de ter reacções ou qualquer comunicação. Não reagia às conversações à sua volta apenas ficava a olhar o nada com os olhos vidrados. Seguimos para a rua e o ar fresco amenizou a fornalha que sentia dentro de mim, a minha garganta estava seca e a respiração acelerada e o roçar do seu tronco no meu estava a causar-me reacções mais intensas do que seria normal. Nem queria concentrar-me no que me estava a passar pela cabeça. As minhas fantasias mais loucas estavam a começar a parecer piqueniques no parque em comparação com estas novas sensações. Parei na berma da estrada para chamar um táxi. Enquanto esperávamos, ele passou os dedos pela minha face, sorrindo de forma ausente. Sorri de volta de forma imediata embora não entendesse bem o seu gesto.

Um táxi parou à nossa frente no mesmo momento. O Guilherme atirou-se, quase literalmente, lá para dentro, eu entrei e li a morada que tinha na carta de condução. O taxista colocou a morada no GPS e seguiu o mesmo em silêncio. Eu devolvi a carta à carteira, mas arrumei-a na minha mala. O Guilherme ficou afundado no assento a olhar para o tejadilho e parecia estar a suar. Encostei as costas da minha mão à sua cara para sentir se exalava calor em demasia. Com o toque ele reanimou e procurou a minha mão com os seus lábios. Depositou-lhe um beijo e eu sorri timidamente. Dei-me conta nesse momento que ele não tinha o cinto de segurança posto. Debrucei-me sobre o seu corpo para o puxar, mas não cheguei a segura-lo.

As suas mãos seguram a minha cara e os seus lábios aterraram de emergência nos meus. Não me contive e retribui a sua paixão com a minha. Não me importei mais com o cinto e larguei-o para segurar a sua nuca e o pressionar mais contra os meus lábios. A sua boca procurou e achou cada milímetro da minha. As suas mãos percorreram o meu tronco com pressa de encontrar algo inatingível enquanto as minhas se mantiveram- ao nível da face, onde conseguia sentir o calor da sua pele. Afastei-me, por momentos, da sua boca e fitei-o, perguntando com os olhos o que se estava a passar, mas não obtive resposta.

A sua expressão era de pura libido e todo o seu corpo estava a ser atraído para mim. Voltamos a encontrar-nos num beijo intenso. Passei a minha língua pelos seus lábios e encontrei a dele à minha espera. Serpenteamos. Ele segurou-me o pescoço, enquanto tentava penetrar a minha boca ainda mais. Empurrou-se de contra o meu corpo para o sentir pressionado ao assento e preso pelo cinto de segurança. Um formigueiro assolou-me e por momentos pensei ter perdido o controlo dos meus movimentos, quando na verdade sentia apenas a electricidade de estar tão perto.

Ouvi um som abafado e não lhe tomei atenção, mas no mesmo segundo ouvi-o novamente e afastei-me a custo do meu polo magnético. Percebi que estávamos parados e o taxista pedia a nossa atenção. Abri de imediato a carteira para poder pagar, mas reparei que tinha dado todo o meu dinheiro no Mama Joana. Num acto que não me agradou, abri a carteira do Guilherme e paguei com o dinheiro que lá se encontrava. Durante todo este processo, fui recebendo beijos na face e pescoço, não me deixando prestar muita atenção ao processo em decurso.

Saímos do táxi e o Guilherme encaminhou-me pela mão à porta do seu prédio, agora parecia estar mais na posse dos seus movimentos. Páramos frente ao elevador e ele voltou de imediato ao ataque. Com um sorriso lascivo nos olhos inundou-me a boca, as suas mãos deslizaram pelo meu tronco em direcção ao meu traseiro e as minhas passearam nas suas costas, pousando também no seu traseiro e apertando-o, gentilmente. A porta do elevador abriu e sem nos libertarmos entramos para o mesmo. Não sei quem carregou em que botão, mas senti que subíamos. As minhas mãos procuraram a pele das suas costas, por baixo da roupa, estava suado e pegajoso, e com as pernas tentava trepar pelo seu corpo como se fosse um poste. As suas mãos elevaram-me pelo traseiro para que se pudesse roçar mais em mim. O elevador abriu e senti-me a ser puxada para fora do mesmo apenas para embater com as costas na porta de entrada. O Guilherme beijou-me o pescoço, enquanto eu tentava manter o equilibro amparando-me na ombreira. Ouvi o som de chaves e num instante o meu apoio de costas cedeu.

Entramos um pouco aos trambolhões, mas sem nunca nos afastarmos muito um do outro. Ele segurou-me de imediato a t-shirt e puxou-a para cima. A minha cara ficou coberta por dois segundos e quando voltei a recuperar a visão já tinha os seus lábios nos meus novamente. Empurrei a sua t-shirt para cima para sentir a sua pele macia e quente, soltando-me depois da sua boca para me colar à pele do seu peito. Ele retirou a t-shirt e comigo ainda a salpicar o seu peito com beijos, encaminhou-me para o quarto.

Empurrou-me, como se eu fosse uma boneca e cai em cheio no centro da cama. A minha respiração estava a mil assim como a dele. Cobriu o meu corpo, segurando-me o queixo de forma violenta e beijando-me como se fosse contra a minha vontade. Deixei que usasse a minha boca como entendia, pousando os braços na colcha suave. Ele voltou a beijar-me o pescoço com violência, mas acompanhou o gesto com um deslizar de mão para dentro das minhas calças, tocando na orla da minha roupa interior. Inalei com mais força, sentindo todo o meu prazer a aumentar. Esgueirei as minhas mãos nas suas calças e segurei as suas nádegas da melhor forma que conseguia, dado a falta de espaço. As nossas línguas encontraram-se fora das nossas bocas, atacando-se mutuamente. Retirei as mãos das suas calças, precisava de mais espaço, por isso desapertei-as e iniciei o processo de as puxar para baixo. Ele imitou-me, mas na sua posição não era possível remover as peças de roupa ajustadas ao meu corpo. Levantei o traseiro e puxei eu mesma as calças para baixo, retirando-as com a ajuda dos pés e ele fez o mesmo com as suas.

A sua pele pousou na minha, juntamente com os seus lábios abaixo do meu queixo arqueado em delírio. A sua mão passou de imediato para o centro das minhas pernas, afagando-me. A minha garganta soltou um suspiro audível, silenciado desde logo pelo seu beijo. Pressionei a sua nádega e arranhei as suas costas. Senti que os seus dedos se encontravam viscosos. Procurei o seu membro e ao segurá-lo, tive um momento de lucidez.

Afastei-o de cima do meu corpo e tive que usar toda a minha força, pois o Guilherme não se queria soltar de mim. A sua expressão era primitiva e a lógica não estava a habitar o seu cérebro. Procurei o bolso das minhas calças ainda sobre a cama e encontrei o pequeno quadrado que procurava. Puxou-me o braço, sem se aperceber o que eu procurava, e voltei a ser coberta pelo seu corpo. Rolei para ficar por cima dele e beijei o trajecto que me levava ao seu membro de forma apressada e com os olhos postos nos seus coloquei-lhe a capa que tinha procurado anteriormente. A cada toque meu senti o seu corpo a estremecer e ouvia os seus suspiros.

Voltei a ocupar-me da sua boca, enquanto ele me colava as costas à colcha. Com a sua língua a perscrutar a minha, senti-me a ser invadida violentamente pela sua essência. Levantei os joelhos, prendendo os pés na cama e impulsionando o corpo contra o seu. Segurou o meu traseiro para conseguir uma penetração mais eficaz. O seu ritmo começou de imediato rápido, quase como se apenas tivéssemos uns segundos para sentirmos prazer.

Empurrei as suas nádegas para o sentir totalmente dentro de mim, enterrando as unhas na sua pele. As nossas bocas não se deixavam por um segundo abafando os nossos suspiros. A sua mão passou pelas minhas costas e agarrou-me o ombro usando-o como alavanca para se impulsionar mais em mim. Segurei-me às suas costas, arranhando-as enquanto levantava as minhas ancas para o receber com todo o meu prazer. Libertei-me da sua boca apenas para gritar em êxtase. Ele mordeu-me o pescoço enquanto ainda investia para dentro de mim e eu continuei a gritar no meu delírio de prazer, ouvindo pouco depois a sua voz a juntar-se à minha.

Abatemos sobre nós mesmos em cansaço e todo o meu corpo termia. O Guilherme rolou para o lado, ficando como que inanimado. Virei-me de lado e acariciei a pele sob as suas costelas não conseguindo formular um pensamento coerente. A sua respiração estava descompassada, mas ao sentir as pontas dos meus dedos os seus lábios alargaram-se, pousou a sua mão sobre a minha face e sorriu-me. Pensei que deveria dizer alguma coisa, mas não consegui encontrar nada para dizer.

Não me pareceu que ele tivesse intenções de se levantar, nem me pareceu que tivesse tido noção que estava com uma capa colocada. Levantei, então, o meu corpo com dificuldade, amparada sobre o meu braço e a sua mão escorregou da minha face deixando-se cair pesadamente sob a cama. Retirei com cuidado a capa que enclausurava o seu membro, ele suspirou aquando do toque e baixou os olhos na minha direcção. Levantei-me e procurei o melhor sítio para deitar o desperdício fora. Ele deixou-se ficar deitado, não tendo nenhuma reacção às minhas acções. Saí do quarto com as pernas bambas, à procura de um caixote do lixo. Encontrei a cozinha e lá dentro o que procurava. Deitei fora o que trazia. Abri o frigorífico e bebi um trago duma garrafa de água, voltando para o quarto com a mesma. Ele continuava exactamente no mesmo sítio em que o havia deixado. Entreguei-lhe a garrafa de água, sabia que ele ia precisar de se hidratar, levantou-se um pouco e bebeu um bom bocado do líquido. Pousei a garrafa na mesa-de-cabeceira e fiz-lhe uma festa na face, ainda sem saber o que dizer.

O Guilherme procurou novamente os meus lábios com os seus e senti novamente o formigueiro a subir com a minha corrente sanguínea. A sua mão passeou pelos meus ombros e costas e eu tracei a linha do seu tronco com a ponta dos dedos. Ele deixou-se cair para trás levando-me de reboque e cobri o seu corpo com o meu. As nossas peles suadas colaram-se como seiva de uma planta. O seu beijo continuou intenso e forte, fazendo-me novamente quere-lo dentro de mim. Ele ajustou o meu corpo para facilitar o que se adivinhava. Quase nem tive tempo de me esticar para retirar do bolso das suas calças outro pequeno quadrado. Pousei-o na sua mão e ele reagiu ao gesto, rasgando de imediato o alumínio. Dei-lhe espaço para que se compusesse e assim que percebi que estava a postos, voltei a pousar sobre o seu peito, beijando-lhe o pescoço com determinação.

Conduziu-se para dentro de mim, enquanto procurava a minha boca com a sua. Inspirei pesada e languidamente, arqueando as minhas costas e inclinando a minha cabeça para trás. As suas mãos seguraram as minhas ancas e iniciaram o ritmo que lhe convinha, rápido e seco. Segurei-me ao seu pescoço para o usar como alavanca e conseguir que se inserisse ainda mais em mim. Ele beijou-me os pulsos, mordendo a minha pele e a dor causada aumentava o meu prazer. Dobrei-me sobre o seu corpo para depositar um beijo nos seus lábios, mas recebi uma forte mordida. Sangrei, mas continuei a beijá-lo. As suas mãos indicaram-me que tinha que aumentar a minha movimentação.

Gritei como louca ao sentir todo o meu corpo a rebentar por dentro e a sua voz juntou-se à minha quando senti que me elevava o corpo apenas com as suas ancas. Acabei por cair para o lado na confusão de movimentos e falta de equilíbrio. Ambos ficamos na posição em que aterramos a tentar compassar as nossas respirações. Não conseguíamos mais reacções para além de sorrisos entre inalações.

Ele próprio se desfez da capa aplicada e acho que a atirou para o chão. Aninhei-me o mais próximo do seu corpo a ferver. Beijei-lhe o lado e reparei na mancha vermelha que lhe deixei, limpei o meu próprio lábio, sentindo ainda o sabor do sangue. Ele voltou a invadir a minha boca e acabou por limpar qualquer vestígio de sangue que eu ainda pudesse ter. Todo o meu corpo estava dorido, mas ao mesmo tempo chamava novamente pelo seu.

Deitados, de lado, entreolhamo-nos e era perceptível que ambos tínhamos o mesmo desejo. O castanho dos seus olhos continuava vidrado, como se envolto em algum sonho vívido. Tracei a linha do seu maxilar, marcando o seu perfil longo. Ele encontrou o meu dedo e sugou-o, como se fosse a melhor iguaria do mundo. Juntei a minha língua ao dedo e brinquei dentro da sua boca. Ele retirou-me o dedo e colou-se totalmente aos meus lábios, usando a minha língua a seu bel-prazer. As suas mãos continuaram a passear pelo meu corpo pegajoso. Fundi-me à sua pele e senti de imediato que iríamos recomeçar, mas, entre o prazer e o cansaço, já não estava em total controlo das minhas acções.

Procurei as suas calças e retirei os restantes preservativos coloridos que lhe havia dado, fazendo-os cair sobre o seu corpo como se fossem chuva. Ele riu-se às gargalhadas, segurando no meu corpo novamente e trazendo-me à posição inicial em que estava. Passei a perna sobre a sua e senti o seu membro a chegar mais perto. Fechei os olhos e deixei-me levar pelos seus movimentos esquecendo que o mundo existia.

Capítulo 5

Senti uma pequena comichão na minha coxa a acordar-me do meu sono profundo. Apalpei com a mão e senti um pequeno pedaço de alumínio colado à minha pele. Comecei a tentar acordar, as pálpebras estavam pesadas e o corpo não queria mexer-se. Senti o vento de uma exalação na minha face. Virei a cara e abri os olhos a custo, para ver que o Guilherme ao meu lado fazia o mesmo. Os nossos olhos piscaram em uníssono. O meu sorriso manteve-se por um momento, mas a sua expressão passou de ensonada de imediato para pânico. Sentou-se na cama e observou os nossos corpos desnudados. Levantou-se e ficou de costas para mim. Senti-me envergonhada com a sua reacção e sentei-me puxando a colcha para me cobrir, abraçando os meus joelhos.

- Iris! O que aconteceu? -, Perguntou-me desesperado, enquanto procurava alguma coisa para se cobrir.

Tive que pensar no que deveria dizer. Era claro que ele não estava muito recordado do que tínhamos feito durante toda a noite. Acabou por vestir uns boxers que apanhou do chão, não eram os mesmos da noite anterior, depois colocou uma t-shirt amarrotada sobre o tronco. Voltou-se para mim e eu continuava no mesmo sítio, enrolada na colcha em silêncio. Os seus olhos procuravam uma resposta nos meus.

- Acho que bebeste um pouco demais ontem e eu trouxe-te a casa. -, Expliquei da melhor forma que consegui.

Ele ponderou a informação por uns momentos, como se estivesse a tentar lembrar-se do que havia acontecido. Voltou a olhar-me, mas desta feita, não à procura de resposta mas a tentar juntar pistas.

- Porque é que estamos os dois... nus? -, Perguntou, para isso eu não tinha uma boa mentira. Mordi o lábio, aleijando-me no corte que ele me havia feito. Levei a mão ao mesmo.

Ele circulou a cama, encontrando as nossas roupas no chão e ao lado das mesmas as provas que ele precisava para confirmar aquilo que já desconfiava.

- Nós... Eu e tu... -, Tentou raciocinar. Olhei para o chão e ao ver as várias capas usadas, não havia como

nega-lo. Acenei. O seu dedo esticou e contou-os. – 3? -,
Perguntou-me em completo espanto.

- 4! Eu deitei um na cozinha. -, Expliquei a medo.

- O que raio aconteceu naquele bar? -, Perguntou
em total confusão. Sentou-se na cama, com as mãos a
segurar a cabeça e eu deslizei para uma posição mais
próxima, queria tocar-lhe para o reconfortar, mas achei
que não seria boa ideia nesse momento.

- Não sei, só sei o que aconteceu depois de
sairmos do bar. -, Expliquei delicadamente.

- Podes dizer-me? -, Pediu sem olhar para mim.

- Ahm... Queres que te faça um desenho?
Estamos nus na cama. Tens preservativos no chão... O
que achas que aconteceu, uma batalha de balões de
água? -, Perguntei meio na brincadeira, meio incrédula.

- Nós fizemos sexo 4 vezes? -, Ele perguntou num
tom baixo em embaraço.

- Foi isso, embora eu não me lembre de ... todas. -
, Confirmei.

Ele olhou-me em descrédito e pânico. Tentei
sorrir-lhe para o apaziguar, mas não devo ter sido muito
bem-sucedida porque me olhou de forma estranha. Levou

a mão ao meu pescoço e por momentos pensei que me fosse beijar novamente, fechei os olhos e embalei-me para a sua posição, verificando no mesmo segundo que a sua intenção era outra por completo. Tocou a minha pele e fitou algo que lá deveria estar e que eu não conseguia ver, depois olhou para os meus lábios, ficando ainda mais assustado. A sua expressão fez com que me preocupasse também.

- Tens o pescoço todo negro e tens um corte no lábio. -, Anunciou, entendendo que eu não conseguiria percebe-lo de outra forma. – Não te dói?

- Não! Acho que me mordeste umas quantas vezes. -, Expliquei, baixando os olhos.

- Desculpa.

- Sem problema, foi b... -, não terminei a palavra, mas ele entendeu de imediato o que eu ia dizer.

- Foi? Eu não me lembro de nada. -, Confessou. Os seus olhos procuravam uma resposta nos meus e o meu sorriso não deixava margem para dúvidas.

- Foi muito bom. -, Confirmei e ele sorriu timidamente. – Foi duro e intenso. -, Expliquei a medo.

Não sabia se ele queria saber tudo o que se tinha passado ou se preferia manter-se na ignorância.

- Como é que... começou? -, Perguntou.

- Bem, eu vinha embora e tu estavas um bocado apático. Eu decidi trazer-te a casa de táxi e começou aí! -, Expliquei e reparei que os seus olhos se viraram para dentro a tentar lembrar o que havia acontecido. – Já agora, eu paguei o táxi com o dinheiro que tinhas na carteira, desculpa, mas tive que pagar a conta com o que tinha e depois já não chegava. -, Olhou-me de lado sarcasticamente. Como se isso fosse importante para a conversa que estávamos a ter.

- Como soubeste onde eu morava? -, Apercebeu-se.

- Vi na tua carta de condução. -, Expliquei. Ele sorriu, como se o pensamento nunca lhe fosse ocorrer.

- No táxi... quem é que... começou? -, Perguntou a medo.

- Tu. -, Afirmei também a medo. – Beijaste-me e depois já não nos conseguimos soltar.

- Mas tu estavas sóbria?

- Bem, eu não diria isso. Aquela cena que bebemos no Mama Joana deixou-me esquisita. -, Expliquei.

- A mim também. O que sentiste? -, Perguntou com todo o interesse.

- Ahm... Senti calor e depois senti-me mais... -, Não sabia como o pôr em palavras.

- Excitada? -, Ele aventurou.

- Ya! Senti que a minha libido estava no máximo. -, Confessei sem pudor.

- Eu também.

- Bebeste mais daquilo? -, Perguntei.

- Mais uns quantos. -, Confessou e eu levantei as sobrancelhas. – Se não tivemos bebido nada disto teria acontecido.

Não quis dizer, mas fiquei ofendida com a sua frase, gostaria de pensar que o seu interesse era genuíno, mas pelo que acabava de ouvir não haveria a mínima hipótese disso. O Guilherme entendeu pela minha expressão de tristeza que algo havia acontecido naqueles segundos que me tinha deixado mal, mas não devia conseguir perceber o quê. Não perguntou, mas pousou a sua mão na minha perna coberta pela sua colcha. O meu peito inflou ao receber o seu toque.

- Não sei o que te dizer. -, Confessou.

- Não me digas nada! Deixa-me só usar a tua casa de banho e depois vou embora. -, Indiquei.

- Não te estou a mandar embora. -, Indicou com algum pânico de me estar a ofender, sem sequer se ter apercebido que já o tinha feito. - É difícil acordar ao lado de uma pessoa depois de uma noite... quando nem nos lembramos de nada. – Confessou.

- Não penses mais nisso. Se não te lembras fica mais fácil esquecer. -, Conclui. – Deixa-me só vestir.

- Vou dar-te alguma privacidade. -, Indicou, - A casa de banho é à esquerda. -, Saindo depois do quarto.

Ainda me deixei ficar um bocadinho na cama, coberta com a colcha a respirar fundo. Levantei-me, apanhei a minha roupa do chão e vesti-me lentamente. Depois apanhei as evidências da noite e deitei-as fora no caixote da casa de banho. Movia-me mecanicamente, qualquer vestígio de uma felicidade passada desvanecera-se no olhar de pânico do Guilherme. Não tinha palavras para o consolar e as únicas coisas em que conseguia pensar deveriam ser as que ele não quereria ouvir, pois eram mais de prazer do que de consolo.

Saí do quarto, preparada para ir embora, mas fui surpreendida por um café à minha espera. Não tive coragem de o negar. Tomei a caneca fumegante nas mãos e sorri em agradecimento. As suas mãos estavam trémulas de nervosismo. Ele tirou um gole a fitar-me, esperando que eu disse-se alguma coisa, mas eu não tinha nada para dizer.

- Gui, eu não me aproveitei de ti. -, Acabei por dizer à laia de confissão. – Foi mais forte que eu.

- Eu entendo. Só me está a fazer confusão porque não me consigo lembrar de nada. Quer dizer, estivemos a noite toda nisto... -, Desabafou, mantendo-se de pé à minha frente. – Acho que nunca sequer fiz isso antes.

- Estavas com a pica toda! Fogo, estou toda dorida. -, Desabafei, sem pensar, balouçando-me na minha posição. Ele olhou-me de forma inquisidora e eu fiquei com vergonha do discorrer de pensamento.

- Magoei-te? -, Perguntou, baixando os olhos.

- Não! -, Corrigi de imediato. – É só que foram muitas vezes de seguida e o meu corpo não está habituado. -, Expliquei.

- O que raio era aquela bebida? -, Ele pensou em voz alta, sentando-se depois pesadamente no sofá.

- Não faço ideia, mas podes crer que vou perguntar. -, Admiti, deixando-me estar na mesma posição.

- Iris, isto que aconteceu... -, Ele começou a tentar dizer-me algo e a falhar redondamente, sem sequer conseguir olhar-me. – Quer dizer, isto entre nós....

- Fica entre nós. -, Completei, admitindo que seria isso que queria dizer e ele acenou a cabeça gentilmente. – Não vamos sequer falar mais sobre isso. Vamos fazer de contas que nunca aconteceu. – Elaborei contra a minha vontade.

- Sim. -, Apenas concordou.

- Tu vieste para casa depois de uma noitada com os teus amigos, estavas um pouco bêbado e não te lembras de nada. -, Dei-lhe uma história credível.

- Pois, foi isso. -, Concordou novamente, ainda sem me olhar.

- Obrigado pelo café. Vou-me embora. -, Indiquei entregando-lhe a chávena sobre o sofá.

- Obrigado pela... -, Ele não sabia bem ao que estava a agradecer, mas o meu levantar de mão deu-lhe a entender que não seria preciso terminar a frase.

Pequei na minha mala e dirigi-me à porta. Ele acompanhou-me, fazendo-me parar para puder abrir a mesma. Os nossos rostos ficaram bastante juntos nesse gesto. A minha respiração saltou-me pelo nariz e percebi que os seus olhos pousaram de imediato no meu pescoço. Num acto de completa loucura pousei a minha mão na sua face e juntei os meus lábios aos seus. Ele vacilou de surpresa.

Prometi-te um à borla por seres bom cliente. -, Expliquei quando me descolei do seu beijo. Ele sorriu nervosamente. – Fica bem.

Sobrepus a minha mão à sua e abri a porta para puder sair. Ele permaneceu parado na mesma posição, enquanto eu saia.

Voltei para casa no comboio e chorei. Chorei porque me lembrava do que tinha acontecido e o Guilherme não. Agora nunca mais me ia falar, iria ficar embaraçado só de olhar para mim, porque nunca iria deixar de pensar nas vezes que tínhamos tido sexo. Não iria conseguir libertar-se do facto que tinha tido momentos íntimos com alguém que não lhe dizia nada. Estava bêbado e essa era a única forma de estar comigo. Nunca mais iria tê-lo por perto. Apenas teria as minhas memórias difusas para me consolar, mas ao mesmo tempo essas mesmas faziam-me ficar mais triste. A brincadeira tinha ido realmente longe demais e de certeza que não iríamos mais ter os nossos pequenos momentos. Não me surpreenderia se a nossa comunicação começasse a ser feita apenas por e-mail, cortando toda a ligação humana. A ideia que talvez ele fosse a pessoa especial tornava-se tão distante como o percurso do comboio e do metro até à minha nova morada.

Capítulo 7

Estava já a trabalhar há algum tempo num novo texto quando o Guilherme chegou ao meu canto. Ouvi-o a falar com o resto do pessoal e o meu peito inflou-se mais depressa. Quase me enterrei no meu computador com o nervosismo, quando ele se inclinou sobre a minha secretária, não descolando os olhos do ecrã, nem os dedos do teclado. Em cada respiração inalava o seu cheiro fresco e queria manter isso ao meu lado o maior tempo possível.

Levantei os olhos como se estivesse distraída e agi como se não soubesse que ele ali estava há já algum tempo, embora já toda a gente à minha volta tivesse reparado.

- Guilherme desculpa! Diz.

- Iris, posso dar-te uma palavrinha? -, Perguntou-me gentilmente.

- Claro! -, Indiquei. Virei-me na cadeira para ficarmos frente a frente. Estava à espera que falássemos de algo de trabalho, mas a sua expressão atrapalhada mostrou-me que não tinha nada que ver com isso. A sua atrapalhação mostrava-me que era algo bastante sério e secreto. Olhei em volta percebendo que não havia qualquer tipo de privacidade à nossa volta. – Importavaste de me acompanhar lá fora, estou mesmo a precisar de um cigarro. Podíamos falar enquanto fumo? -, Pedi-lhe, dando-lhe uma escapatória. Assentiu de imediato em alívio.

Trouxe o meu maço comigo e saí com ele para a varanda. Sentia-o tenso e nervoso e eu própria também estava. Assim que saímos para a rua acendi o cigarro e ele encostou-se ao corrimão, bafejei o fumo do meu cigarro e esperei que me indicasse o que queria.

- Ahm... -, Hesitou. – Sabes da minha carteira? -, Perguntou por fim de rajada. Num repente lembrei-me que a sua carteira tinha ficado na minha mala e nunca lha tinha chegado a devolver. Fiquei preocupada com a situação. – Não faço ideia onde esteja. Não sei se a perdi. -, Explicou preocupado e embaraçado.

- Sou eu que a tenho. -, Confessei fazendo-o respirar um pouco de alívio. – Quando paguei o táxi pu-la na minha mala e esqueci-me completamente de ta devolver. Desculpa-me.

- Não faz mal! -, Falou como se não fosse importante, mas era lógico que era. – Eu pensei que ma pudessem ter roubado.

- Esqueci-me mesmo disso. E tu vieste a conduzir sem documentos. Ainda eras mandado parar pela polícia. -, Desabafei.

- Ahm... não vim de carro. -, Esclareceu. – O carro ficou no estacionamento do bar.

- Então tens que o ir buscar. -, Apercebi-me.

- Pois, precisava era da minha carteira para isso. -, Explicou.

- Claro, assim que entrarmos eu dou-ta. Está na minha mala. -, Indiquei-lhe, fazendo-o novamente ficar nervoso.

- Fica um pouco estranho estares a dar-me a minha carteira, né? -, Alertou.

- Tens razão. -, Apercebi-me. – Então encontramo-nos lá em baixo à hora de saída e eu entrego-ta. -, Sugeri.

- À hora de sair, pode ser. -, Concordou.

- Desde que não fiques a fazer serão. -, Lembrei em tom de brincadeira, tentando amenizar um pouco a situação tensa entre nós.

- Eu mando-te uma mensagem quando estiver a sair. -, Sugeriu de forma seca.

- Ok. -, Concordei. – Mas porque não tivemos esta conversa por mensagem? -, Apercebi-me, visto que era uma conversa secreta, não seria mais fácil tê-la por escrito.

- Ahm... Achei que fosse melhor falar directamente. -, Explicou embora isso não me fizesse muito sentido.

Por momentos os nossos olhos cruzaram-se e fixamo-nos um no outro. O meu peito descompassou e ele enterrou as mãos nos bolsos em nervosismo. Sentia uma enorme vontade de me jogar ao seu pescoço e beijá-lo, ele fixou o lenço azul que tinha enrolado ao pescoço, para que não se notassem as nódoas que ele me tinha infligido. Era a sua forma de perguntar como estaria tudo.

- Está tudo ok. -, Reconfortei-o. – É só mesmo para que não me andem a perguntar o que aconteceu. -, Expliquei e ele sorriu de forma receosa.

Acabou por se afastar de mim e caminhar lentamente de volta para o seu trabalho. Terminei o meu cigarro e iniciei a caminhada de volta ao trabalho debaixo do olhar inquisidor da Sara.

- Tudo bem? -, Ela perguntou de imediato.

- Sim, tudo. -, Respondi apenas, acomodando-me.

- Reunião secreta com o Gui? -, Insinuou, deslizando a cadeira para o meu lado.

- Não. -, Apressei-me a negar, mas entendi logo que alguma explicação seria necessária. – Ele queria falar sobre uns textos que lhe dei que não estavam grande coisa e eu precisava de um cigarro.

- Estou a ver! Como correu aquilo dos beijos? -, A Sara perguntou enquanto eu tentava voltar a concentrar-me no trabalho.

- Correu bem, mas tinhas razão, fiquei sem paciência depois de umas horas.

- Falei com a Joana, ela diz que conseguiram uma boa quantia.

- É verdade.

- Ela também me disse que saíste de lá com um rapaz. -, A Sara anunciou apanhando-me de surpresa.

- A Joana fala demais. -, Resmunguei.

- Então é verdade! -, Ela gargalhou. – Quem era?

- Porquê tanto interesse? -, Questionei olhando para o meu monitor, tentando não dar grande importância à conversa.

- Anuncias a toda a gente que não queres ter uma relação e depois fico a saber que saíste do bar com um rapaz e não me contas nada. Depois pões-te na defensiva. Não ficavas curiosa se fosse contigo?

- Saí com um rapaz não significa que estou numa relação com ele. -, Contrapus.

- Saíste com o Gui? -, Ela sussurrou.

Instintivamente, voltei a cara na sua direcção numa expressão assustada, denunciando-me por completo. A Sara sorriu em triunfo.

- Não é o que estás a pensar. -, Assegurei.

- Reuniões secretas? Saídas à noite? O que é suposto pensar?

- Ele estava bêbado e eu levei-o a casa. -, Expliquei. – É tudo.

- Então do que estavam a falar? -, Ela perguntou curiosa.

- Ele... ele não se lembra de muita coisa. -, Confessei, fazendo-a rir. – Sara, por favor, ele sente-se embaraçado. Pediu-me para não dizer nada a ninguém. Por favor guarda este segredo.

- Não te preocupes, o vosso segredo está bem guardado. -, Ela assegurou. – Mas...

- Mas, o quê? -, Perguntei zangada.

- Nada! Ficas com ele uma noite, depois leva-o a casa noutra noite! Isso pode desenvolver em algo.

- Estamos a tornar-nos amigos. -, Confessei, tentando convencer-me disso mesmo.

- Isso é bom. Ter amigos é bom.

- Agora, por favor, deixas-me trabalhar. -, Pedi num sorriso, quando na realidade estava aterrorizada com toda a conversa.

A Sara afastou-se de novo para a sua secretária e eu voltei a olhar o meu monitor, mas as mãos tremiam-me sobre o teclado.

Uma amizade com o Guilherme estaria já bem fora de questão. A conversa anterior já o tinha demonstrado, a sua voz falhava quando me dirigia a palavra e as suas mãos nunca saíam dos seus bolsos. Como seriamos capazes de ser amigos se sempre que nos olhávamos as memórias de uma noite louca iria assaltar os nossos pensamentos? Pelo menos iria assaltar os meus, pois ele pouco se lembrava do que havia acontecido.

À hora de saída conforme tínhamos combinado o Guilherme enviou-me uma mensagem a indicar-me o local onde nos devíamos encontrar para que eu lhe pudesse devolver os seus pertences. Sentia-me como um espião numa transacção de ficheiros ultra secretos. Desci e encaminhei-me ao local, verificando que ele ainda não se encontrava. Acendi um cigarro e esperei pacientemente que ele aparecesse, sentindo-me ridícula. Já estava a terminar o mesmo quando ele, finalmente, deu as caras. A minha expressão já era de alguma zanga e ele olhou-me apologeticamente.

- Desculpa a demora, mas o pessoal não me largava.

- Na boa, é só que já me sentia um bocado parva aqui parada. -, Expliquei. Apressei-me a abrir a mala e entregar-lhe a carteira. – Acho que tá tudo aí, só falta mesmo o dinheiro que tirei para pagar o táxi. -, Relembrei-o.

- Não penses mais nisso. -, Declarou-me, guardando-a no bolso, nem conferindo o interior.

- Vais agora buscar o carro? -, Perguntei com alguma curiosidade.

- Sim, vou passar lá agora. -, Indicou-me. – Vou apanhar um táxi.

- Vais gastar imenso dinheiro, para nada. Podes ir de metro, eu vou na mesma direcção, digo-te onde sair. -, Expliquei-lhe, querendo apenas ser gentil como ele próprio já tinha sido comigo.

- Agradecia-te.

Apaguei o meu cigarro e os dois encaminhamo-nos para o metro. O Guilherme não estava habituado a andar naquele meio de transporte, era notório. Eu tinha passe, mas sabendo que ele não deveria ter qualquer bilhete, retirei um bilhete que mantinha carregado com algum dinheiro, para uma qualquer emergência, e entreguei-lho. Ele sorriu-me satisfeito pela minha ajuda.

- Tu conheces bem o Mama Joana? -, Perguntou-me, enquanto esperávamos o metro.

- Mais ou menos. -, Expliquei.

- Mais ou menos, isso quer dizer o quê?

- Conheço "a" Mama Joana. -, Elaborei, ele continuou a fitar-me sem perceber. – O bar tem o nome de uma bebida que uma amiga minha provou algures na América do Sul. Quando a Joana voltou abriu aquele bar e deu-lhe o nome de Mama Joana. -, Ele riu-se da história.

- Conheces o barman? -, Perguntou de imediato.

- Aquele não. Conheço um outro que costuma trabalhar durante a semana. -, Expliquei, deixando-o um pouco desiludido. – Conheço mais a gerente.

- Ah, ok! Estava a perguntar porque queria falar com o gajo e saber o que raio era aquela bebida.

- Pois, ele só trabalha aos fins-de-semana. -, Repeti. – Mas eu posso tentar saber o número dele ou assim e falo com ele.

- Não vais voltar a fazer aquela cena dos beijos? -, Perguntou quando o metro estava a chegar. Abanei a cabeça a rir. - Então? -, Entramos no metro e deixamo-nos ficar de pé. Ele segurou-se ao varão enquanto eu me encostei à parede.

- Só fui fazer aquilo porque a Joana me pediu. -, Relembrei. – Elas precisavam de mais pessoas e eu fui.

- Mas foi divertido?

- Sim, foi! Mas depois não tenho paciência para estar ali a noite toda. -, Expliquei. – Especialmente a ter de aturar pessoal bêbado.

- A iniciativa foi gira. -, Ele admitiu.

- Mas pouco higiénica, segundo o teu amigo. -, Brinquei, aliviada pelo ambiente à nossa volta estar a relaxar.

- Esse gajo é um comichoso. -, Ri-me um pouco com ele e ficamos sem assunto.

Distrai-me a olhar para o diagrama do metro como se estudasse a melhor forma de chegar, embora já conhecesse as linhas de cor. O metro fez uma travagem brusca e todos os passageiros foram impelidos para a frente, como não estava segura a nada, acabei por dar alguns passos, tentei segurar-me ao varão do centro para me amparar, mas antes dos meus dedos entrarem em contacto com o metal já o braço do Guilherme me envolvia. Voltamos a ficar de rosto quase colado e tentei não olhar para os seus olhos castanhos. As pessoas acomodaram-se dentro do metro e o meu espaço para movimentação reduziu, tendo de me manter colada ao seu corpo. Controlei a minha respiração para que ele não desse conta da falta de compasso. O seu braço, no entanto, não deixou de me envolver, temendo talvez uma nova travagem e um espalhanço da minha parte.

Levantei a cabeça e os nossos olhares cruzaram-se, sorri-lhe timidamente e ele fez-me o mesmo, mas era óbvio a falta de à vontade entre nós. Nas várias estações, mais pessoas entraram fazendo-nos ficar cada vez mais pressionados um contra o outro. Senti os seus músculos a ficarem tensos e deu-me vontade de rir, ele estava tão nervoso quanto eu. Imagens do que me lembrava daquela noite passaram em desfile no meu cérebro e acabei por suspirar mais alto. O Guilherme lançou-me um olhar de curiosidade e pressionei os lábios em embaraço, abanando a mão em frente à minha cara como se estivesse com calor.

A estação onde íamos sair chegou e eu indiquei-lhe com o dedo que iriamos abandonar o metro. Saímos, e ele, diligentemente, seguiu-me pela rua até ao nosso destino. Não era difícil saber qual era o seu carro, visto que o parque de estacionamento se encontrava vazio à excepção de um. Caminhamos até lá. Ele circulou a viatura para verificar se estaria tudo bem e eu acendi um cigarro enquanto o observava na sua inspecção.

- Parece estar tudo bem. -, Declarou.

- Fixe! -, Devolvi, libertando o fumo dos meus pulmões. Ele aproximou-se da minha posição.

- Posso dar-te boleia a algum sítio? -, Perguntou gentilmente.

- Não é preciso. -, Declinei.

- A sério, foste muito simpática em trazer-me aqui, deixa-me ao menos dar-te uma boleia. -, Explicou a sua lógica de forma atrapalhada.

- A sério que não é preciso. Eu estou a tomar conta da casa de um amigo meu. Fica aqui perto, é só mais uma estação de metro. -, Expliquei.

- Tomar conta da casa? -, O Guilherme riu-se da expressão.

- Ya, normalmente as pessoas pedem para lhes regarem as plantas ou dar de comer aos animais. Mas este é neurótico, acha que lhe vão assaltar a casa. Pede sempre a alguém para lá ficar enquanto está ausente. Desta vez calhou-me a mim. -, Expliquei com o riso na voz, sabendo o quão absurdo era o que falava.

- Então, eu deixo-te lá. -, Anunciou e não me pareceu que fosse possível demovê-lo.

- Vamos lá, então. -, Atirei o cigarro fora e entramos no carro.

Tive alguma dificuldade em explicar-lhe o local exacto, mas o Guilherme tinha bastante conhecimento da cidade para conseguir entender onde ficaria pelas pequenas referencias que lhe forneci.

- Desculpa, mas não estou habituada a Lisboa pela superfície. -, Expliquei quando ele parava o carro.

- És mais tipo toupeira. -, Gozou e eu larguei uma gargalhada bem alta. – O teu amigo mora aqui? -, Perguntou o óbvio.

- Yap, naquela porta verde, nas águas furtadas. -, Expliquei. - Ahm... queres subir? -, Perguntei, mas não havia nenhuma razão para que ele o fizesse. – Posso oferecer-te um café? -, Perguntei à pressa tentando arranjar uma razão qualquer.

- Obrigado, mas não. A esta hora já não bebo café. -, Declinou muito cordialmente.

- Ok, obrigado pela boleia. -, Agradeci saindo do carro ainda hesitante se deveria despedir-me de forma mais íntima. Não houve qualquer contacto físico.

Entrei no edifício e segui no elevador para o apartamento do meu amigo. Sentia a minha cabeça a dar voltas e voltas. Não conseguia parar de pensar nos momentos mais íntimos que havíamos passado, mas sentia-me mal pelo facto de ele não se conseguir lembrar de nada. Eu queria que ele se lembrasse da forma como me sorria quando alcançava o orgasmo, da forma como me havia beijado tão profundamente e da forma como havia mordido a minha pele como se a quisesse levar consigo. Pousei as minhas coisas na mesa e preparei-me para fazer algo para comer. Ouvi bater e achei estranho, pouca gente sabia que ali estava. Abri a medo, mantendo-me camuflada pela porta. O Guilherme encontrava-se do outro lado e espantei-me de imediato ao vê-lo. Ele retirou o bilhete que lhe havia emprestado do bolso.

- Queria devolver-to. -, Anunciou num sorriso, - Podia ser que precisasses.

- Não era preciso. É tipo bilhete de emergência, caso me esqueça do passe ou assim. -, Expliquei, recebendo o mesmo. – Mas obrigado.

- Obrigado eu, pela ajuda. -, Ele contrapôs. – Até amanhã, então.

- Até amanhã. -, Despedi-me, mantendo a porta aberta.

- Posso só fazer-te uma pergunta? -, Ele atirou como se as palavras tivessem presas há já muito tempo.

- Claro. É melhor entrares. -, Sugeri.

Entrou ficando de pé perto da porta, eu aproximei-me do sofá e encostei-me às costas do mesmo. Ele baloiçou na sua posição, segurando a t-shirt como se algo debaixo da mesma lhe estivesse a queimar. Esperei com alguma curiosidade que me perguntasse o que queria.

- Sabes como aconteceu isto? -, Perguntou, levantando a t-shirt e mostrando-me as costas completamente arranhadas. Alguns dos rasgões estavam bem feios. Aproximei-me de imediato para os inspeccionar melhor. – Foste tu? -, Perguntou a medo.

- Ahm... sim. -. Admiti em vergonha. – O que tens posto nisto? -, Perguntei preocupada com o aspecto das suas feridas.

- Nada. -, Declarou.

- Senta-te ali no sofá e tira a t-shirt. -, Ordenei-lhe, deixando-o muito nervoso. Baixou a roupa e olhou-me de lado, não estava com intenções de seguir as minhas indicações. – Isso não está com bom aspecto, deve doer-te.

- Um bocado. -, Admitiu.

- Ainda apanhas uma infecção. -, Anunciei. – Senta-te ali que eu já volto.

Saí da sala e procurei na casa de banho a pomada que sabia que o meu amigo tinha. Um fanático por desporto, que pratica todo o tipo de desportos radicais, tem sempre essas coisas em casa. Trouxe a pomada anticéptica e algumas coisas para limpar as feridas. O Guilherme estava sentado no sofá, mas ainda tinha a t-shirt vestida. Sentei-me ao seu lado pousando as coisas que trazia e esperei que se despisse. Relutantemente, ele retirou a t-shirt e voltou-me as costas. Com uma solução salina comecei a limpar cada um dos arranhões mais fundos. Ele arrepiou-se com a temperatura, mas também silvou com algum alívio.

- Isso até sabe bem. -, Acabou por confessar ao sentir a aplicação da pomada.

- Isto relaxa a pele, por isso alivia a dor. -, Expliquei. – Se puseres umas quantas vezes vai ajudar a sarar mais depressa. Desculpa o facto de ter unhas compridas. -, Acabei por dizer e ele riu-se. – Tinha que me segurar a alguma coisa. -, Continuei a brincar, fazendo-o rir-se mais um pouco e esquecer a dor das costas.

- Não foi o único sítio a que te agarraste. -, Deixou escapar no seu alívio, deixando-me nervosa. Procurava no meu cérebro a memória de o ter arranhado mas nada vinha à superfície.

Parei a aplicação da pomada enquanto pensava, e o Guilherme pensou que eu tinha terminado, virou a cara para mim e apanhou-me paralisada no esforço para me lembrar. Tinha no momento um vislumbre de como ele se devia sentir em relação a tudo isto.

– Mais abaixo. -, Apenas indicou. Os meus olhos baixaram aos seus jeans, levantando de seguida e pousando na sua face em pânico, ele acenou ao perceber que eu tinha entendido onde mais o teria magoado.

- Tens arranhões no... -, Não consegui dizer a palavra sem engolir em seco primeiro. – Traseiro? -, Ele acenou pressionando os lábios em linha. – Não me lembro de ter feito isso. -, Confessei.

- Eu não me lembro de nada mesmo. -, Brincou nervosamente.

- Isso deve doer! -, Admiti já sabendo a resposta. Voltei a aplicar a pomada nos arranhões que faltavam de forma mecânica e ele apenas acenou pesadamente. – Queres pôr isto nesses? -, Perguntei a medo.

- Ahm... não consigo vê-los. -, Admitiu.

- Eu posso pôr, se me permitires. -, Sugeri e ele olhou-me de lado sem saber o que dizer. – Não é que já não o tenha visto. -, Tentei brincar, mas a sua inalação mais forçada mostrou-me que não era algo com que estivesse confortável. – Agora a sério, seria medicinal apenas. -, Falei num tom muito profissional.

Ele levantou-se e de costas para mim, desapertou as calças e baixou-as, revelando a sua pele extremamente danificada. Arregalei os olhos sentindo-me bem mal com o estado em que tinha deixado o seu traseiro. Respirei fundo.

- Importas-te de pôr logo essa cena? -, Urgiu, retirando-me do meu estado contemplativo. Limpei as suas feridas enquanto pensava em como conseguiria ele estar sentado. Apliquei a pomada nos arranhões mais fundos que eram bem mais numerosos do que nas costas. As minhas mãos tremiam de nervosismo e remorsos. De vez em quando as suas nádegas contraiam-se de dor e ouvi silvos a serem soltos da sua boca.

- Desculpa. – Apenas disse, com todo o meu arrependimento a transpirar na palavra.

- Eu também te magoei. -, Acabou por dizer quando puxava os jeans para cima, relembrando-me do pescoço que eu escondia com o lenço.

- Não é exactamente o mesmo. -, Declarei. Ele sentou-se com gentileza ao meu lado.

- Doí-te menos? -, Perguntou, tentando ver as minhas nódoas. Retirei o lenço, revelando-lhas, os seus olhos pregaram-se no meu pescoço e o seu rosto revoltou-se com a imagem.

- Não dói. -, Indiquei-lhe. – É mais o aspecto. Eu sou muito branquinha e qualquer nódoa fica bem marcada, mas não é nada de grave. -, Assegurei. - Toma. -, Passei-lhe a pomada. – Vai ajudar. -, Não deixei de pensar em como iria aplicar a mesma, visto que não chegava aos arranhões, mas como ele a tomou na sua mão sem qualquer queixa, imaginei que já tivesse um plano.

- Obrigado. Vais falar com o barman? -, Voltou a perguntar.

- Assim que conseguir falar com ele, digo-te. -, Indiquei-lhe.

O Guilherme levantou-se e dirigiu-se à porta. Acompanhei-o. Nenhum dos dois sabia como se despedir um do outro. Acabei por esticar o meu corpo e depositar dois beijos nas suas faces. Ele correspondeu. Abri a porta e observei-o enquanto esperava o elevador. Ao fechar a porta acenou-me a mão num último adeus, eu sorri-lhe e acenei os dedos no ar, retribuindo o cumprimento.

Deitei-me no sofá a pensar no que se tinha passado e sorri ao lembrar-me da noite que tinha passado com ele. Aqueles momentos de extremo prazer trazidos à memória eram a minha maior felicidade. Queria tê-los de novo, queria-o de novo, mas sabia que isso não iria acontecer. Tinha um pressentimento que assim que falássemos com o barman, ele nunca mais me falaria, por vergonha ou porque não queria lembrar-se do que tinha sucedido. Suspirei, sabendo que apenas ficaria com as memórias, mas essas ninguém mas poderia tirar.

Capítulo 8

A minha porta soou fortemente no meio da noite de Sexta. Estava tão cansada da semana que nem me apercebi à primeira de onde vinha o som. Acordei e percebi que alguém estava à porta. Olhei o relógio e vi a hora tardia. Tive medo de atender, mas parecia que quem quer que era queria mesmo entrar. Pensei que fosse qualquer amigo um pouco mais intoxicado que se tinha esquecido que não deveria haver ninguém em casa. Levantei-me cautelosamente e espreitei pelo óculo para ter a certeza de quem se tratava. Fiquei espantada ao ver o Guilherme pelo pequeno orifício. Ele amparava os seus braços na ombreira, soltando um deles apenas para bater com o punho na porta. Fiquei com medo que acordasse todo o prédio. Destranquei a porta e abri-a lentamente, espreitando para fora. Olhou-me nos olhos a sorrir lascivamente e reconheci de imediato a sua expressão. Estava vidrado como já o tinha visto antes, embora parecesse um pouco mais activo.

- Gui, o que fazes aqui? -, Perguntei-lhe, mas não obtive qualquer resposta.

Ele entrou no apartamento e atirou a porta atrás de si. Afastei-me alguns passos, estudando os seus movimentos e aproximou-se sem tirar os olhos dos meus. Num salto segurou o meu corpo e quase me levantou do chão para me puder beijar. Tentei soltar-me do seu abraço, mas o seu beijo foi intoxicante, sentia o gosto da bebida no seu hálito. Deixei que a sua boca invadisse a minha e que brincasse com a minha língua sem qualquer resistência. Ele começou de imediato a encaminhar-se para a cama, visível da entrada. As suas mãos pousaram na minha camisa de noite, tentando livrar-se da mesma.

- Pera, Gui! -, Tentei que acordasse, mas pela sua expressão já sabia que não me iria ouvir.

Antes que pudesse dizer mais alguma coisa já ouvia o rasgar do cetim nas minhas costas. Os seus lábios procuraram o meu pescoço, fazendo-me delirar perante as suas caricias. Estava absolutamente consciente do seu estado, mas ao mesmo tempo sentia-me inebriada por aquela fantasia estar novamente a realizar-se. A minha camisa de noite caiu em farrapos no chão e as suas mãos passaram a minha pele em revista, como se procurassem algo perdido. Puxei-lhe a t-shirt para cima, beijando-lhe os mamilos. Ele retirou a t-shirt e eu esgueirei-me para cima da cama, procurando a gaveta mais próxima, onde sabia que o meu amigo guardava os preservativos. Retirei um e não tive se quer tempo de fechar a gaveta, pois o meu tornozelo foi puxado. Deslizei na cama, ficando deitada. Ele já se tinha livrado de toda a roupa. Sentei-me e segurei-lhe o membro envolvendo-o com a minha boca. Ele estremeceu de prazer e segurou-me a cabeça. Passei todo o membro com a língua, enquanto abria o preservativo. Retrocedi no meu gesto para lhe colocar a capa e a cada toque dos meus dedos sentia os seus músculos a contrair e retrair, como se lhe queimasse a pele, mas como se, ao mesmo tempo, lhe desse todo o prazer do mundo. As suas mãos empurram a minha cabeça de volta para a sua zona genital. Voltei a engoli-lo, mas desta vez ele já não permitiu que me libertasse. Manteve-me presa enquanto ele próprio meneava as ancas introduzindo-se cada vez mais fundo na minha boca. Faltou-me o ar e engasguei-me, tentei empurra-lo, mas nada disso o demoveu. Os seus movimentos continuaram como se me penetrasse noutro orifício, tentei que tudo fosse mais confortável, segurando-lhe os quadris para que a sua penetração não fosse tão funda. Num urro de prazer senti o preservativo a encher-se de algo quente e o seu corpo a retesar para depois relaxar quase por completo. Apressei-me a livrar-me do seu aperto, mantendo-me de joelhos na cama e respirando fundo.

O Guilherme subiu para a cama, abraçando o meu corpo de imediato. Não foi um aperto forte, mas sim gentil, beijou-me desde logo a nuca, segurando um dos meus seios na sua mão. Ainda estava atordoada do exercício anterior. A sua mão deslizou do meu seio para a minha pélvis, envolvendo a minha zona mais sensível. Virei a cara para puder procurar a sua boca e ele juntou-se a mim num instante. Soltei o ar pelas narinas em prazer e as suas massagens continuaram, fazendo o meu corpo serpentear sob o seu abraço, como se domasse uma cobra. Perdi a sensibilidade nas pernas e cai para a frente, senti o seu corpo a cobrir o meu e a sua penetração foi imediata. Afastou o meu cabelo para puder juntar-se à minha cara. Comprimida pelo seu peso apenas conseguia beijá-lo e receber as suas investidas. As suas mãos seguraram os meus ombros para que se impulsionasse cada vez mais dentro de mim. Gritei de prazer com cada trajecto seu e a sua voz juntou-se à minha em urros animalescos. Os seus dentes pousaram no meu ombro ao atingir o clímax e cravaram-se assim que senti todo o seu corpo a expelir o seu prazer final. Gritei de dor e prazer ao mesmo tempo, sentido desde logo o sangue a jorrar pelo braço abaixo.

Beijou-me as costas, lambendo algum suor da minha pele, enquanto ainda sentia os choques do seu orgasmo e eu rolei o pescoço em resposta às suas caricias. Acabou por rolar para o lado com o peito a querer descolar-se do externo. Deixei-me ficar ainda algum tempo na mesma posição, não sabia se tinha sensibilidade suficiente para me mexer. Mexi primeiro um braço, passando os meus dedos pela sua coxa, arrepiando-o. Olhou-me a sorrir e por momentos não tive a certeza absoluta se estaria ainda toldado, parecia-me totalmente consciente. Levantei o meu tronco com ajuda dos cotovelos e respirei fundo realocando os meus órgãos internos aos devidos locais. Ajoelhei-me na cama e como não me parecia que ele fosse mover-se, retirei-lhe a capa que havia colocado antes, atirando-a para o chão. Estava cansada demais para me deslocar e deitá-la fora convenientemente.

O Guilherme manteve-se inerte, braços abertos, respiração descompassada, olhos colados ao tecto, estava como moribundo.

Observei-o por algum tempo, não posso dizer que ver o seu corpo nu à minha frente, de novo, não me trouxe uma nova sensação de felicidade. Lambi o suor que lhe escorria no peito, tinha o gosto doce e salgado do seu esforço. Sabia que me estava a aproveitar, mas não quis ponderar muito no assunto. Arqueou as costas assim que me sentiu, segurou-me a cabeça puxando-a para a sua cara e beijou-me intensamente. Estiquei-me sobre o seu corpo suado entregando-me ao seu beijo. As suas mãos deslizaram pelas minhas costas apertando-me contra si. Não era possível nem abrir mais a minha boca para o receber, nem ele me apertar mais sem me partir em dois.

A sua masculinidade voltou a marcar presença. Estiquei o braço voltando a recolher mais um quadrado da gaveta aberta. Rasguei-o com a boca, apressando-me a colocar-lho, mesmo com pouco espaço de manobra e sem estar a ver o que fazia. Eu própria o introduzi em mim, inspirando profundamente na entrada. Balancei-me com vagareza sobre o seu corpo presa no seu beijo. Erigi o meu corpo apoiando-me no seu peito e as suas mãos apertaram os meus seios. Sorrimos enquanto nos balançávamos como se ambos fossemos berços. O Guilherme sentou-se, segurando o meu corpo para que eu não me separasse dele e beijou-me o peito, sugando-me os mamilos com força. Inclinei-me para trás no meu delírio, deixando que ele me conduzisse as ancas de contra a sua pélvis. Gemi e arfei com o prazer que sentia a invadir-me todo o corpo. Voltei a beijá-lo sofregamente, segurando-lhe a cara e o pescoço, sentindo a sua pele pegajosa do suor que exalava. Segurou-me as nádegas e empurrando-as com violência para si atingiu o seu clímax num grito continuo. Eu ainda meneei freneticamente as minhas ancas, um bom bocado, abraçando os seus ombros para me equilibrar, até me soltar por completo. Os seus olhos acompanharam todo o processo orgásmico, juntando-se a um sorriso de lascívia e orgulho.

Ainda a sentir-me em convulsão mantive-me sentada no seu colo, colada ao seu peito, mas ele já não tinha forças para se manter sentado, deixou-se cair para trás, levando-me a deitar sobre o seu suor e os meus cabelos a colaram-se á minha e sua pele, encharcando-se.

Voltei a esticar-me sobre o seu longo corpo e ao fazê-lo tive um novo pico de prazer com o roçar da minha pele na sua. A minha cabeça ficou pousada no seu peito e conseguia ouvir o seu coração a bater de forma tão acelerada que parecia querer rebentar. Beijei-lhe o centro do peito como se o quisesse acalmar, mas ao olhar para cima percebi que se iria acalmar em breve. Os seus olhos já se encontravam fechados e como já não havia qualquer reacção, entendi que já estaria a dormir. Aninhei-me no seu corpo, sabendo que em breve não poderia mais fazê-lo e adormeci a inalar os cheiros dos nossos actos, banhada pela piscina que era o seu suor.

Capítulo 9

O Guilherme começou a acordar e sentiu o meu peso sobre o seu corpo, por momentos deverá ter pensado que estava a sonhar ou que estaria com qualquer outra pessoa, sorriu e fez-me uma festa no cabelo, fazendo-me também começar a despertar. Senti o seu peito a subir numa respiração mais profunda, beijei-lhe a pele já seca e isso fez-lhe soltar um pequeno riso. Levantei a cabeça para o observar. Os seus olhos piscaram algumas vezes de forma rápida, apercebendo-se do local onde estava. Baixou a cabeça para a minha posição, vendo-me ainda meia ensonada a olhá-lo e de novo vi aquela expressão de total pânico nos seus olhos.

- Iris? Oh não, outra vez não! -, Exclamou, ofendendo-me.

Levantei o meu corpo do seu, sentindo as nossas peles a descolaram como velcro. Enrolei-me nos lençóis e sentei-me depois encostada à cabeceira, abraçando os meus joelhos. Ele envolveu-se de imediato no cobertor que encontrou e desviou o olhar do meu em vergonha. Permaneceu sentado à minha frente, penso que por apenas não conseguir levantar-se com o cansaço. Não me pareceu que quisesse falar sobre o assunto, estando mais ocupado a tentar lembrar-se do que se tinha passado.

- Onde foste ontem à noite? -, Perguntei, secamente.

- Ao Mama Joana. -, Admitiu como se fosse uma criança apanhada numa mentira.

- E bebeste aquela cena castanha? -, Voltei a perguntar de forma seca, sabendo de antemão a resposta. Pequei o maço de cigarros que tinha ao meu lado e acendi um. - Lembras-te de alguma coisa? -, Perguntei enquanto exalava o fumo e vi o esforço no seu rosto para juntar as peças soltas do seu cérebro.

- Não me lembro de ter vindo para aqui. -, Admitiu.

– Apareceste aqui a meio da noite, quase me rebentaste a porta. -, Comecei a explicar, tentando perceber se isso estaria a registar no seu cérebro. – Saltaste-me para cima. -, Expliquei cruamente e ele levantou ligeiramente a cabeça mostrando-me que havia alguma memória. – Estás a ver aquele farrapo ali? -, Perguntei, tirando um novo trago do meu cigarro, ele procurou e encontrou o amontoado vermelho no chão. –

Aquilo era a minha camisa de noite. A minha camisa favorita, que tu rasgaste! -, Indiquei com alguma raiva a sobressair e ele concentrou-se naquele pedaço de tecido inutilizado.

- Eu... violei-te. -, Admitiu num sussurro, forçando a sua memória a funcionar.

- Sim, foi mais ou menos isso. -, Indiquei respirando profundamente, mas apenas para disfarçar que naquele momento aquela palavra tinha o significado totalmente inverso.

- Não acredito nisto. Mas porque raio é que vim para aqui? -, Atirou para o ar, segurando a cabeça entre as mãos. Continuei a fumar o meu cigarro, não sabendo se devia reconfortá-lo ou deixá-lo entender-se com os seus próprios pensamentos. – Desculpa-me. Eu não estava em mim. Se eu te magoei, desculpa-me. -, Implorou, olhando-me com todo o arrependimento nos olhos.

- Magoaste-me um bocado, mas... não estou necessariamente a queixar-me. -, Expliquei com um pequeno riso, não conseguindo manter-me zangada. Ele exalou um pequeno riso amedrontado. – Consegues lembrar-te de alguma coisa nitidamente?

- Não nitidamente. Lembro-me da camisa de noite. -, Falou, apontando para a mesma no chão. – E lembro-me da tua ... -, Hesitou, baixando a cabeça.

- Podes dizer, também cá estava, lembraste? -, Insisti pousando o meu braço nas suas costas curvadas sobre si próprio.

- Lembro-me de estar na tua ... boca. -, Ele terminou, olhando-me de soslaio.

- Essa parte foi quando me ... (fiz o gesto de aspas no ar) violaste. -, Expliquei a sorrir para lhe indicar que não era algo de mau.

- Depois só me lembro de estares em cima. -, Ele tentou recordar, desviando o seu olhar.

- Essa foi a parte em que eu te ... (Fiz novamente o gesto de aspas no ar) violei a ti. -, Indiquei, mas de forma cautelosa, não queria que ele pensasse mal de mim, embora me tivesse aproveitado totalmente da situação e ele olhou-me inquirindo-me nesse sentido.

- Violaste-me? Iris, tu estavas totalmente sóbria, sabias que eu não estava bem... -, Vociferou.

- Ok, deixei-me levar pela situação. Tavas ali, pronto para outra e... eu também estava, sou sincera, não consegui resistir. Desculpa. -, Expliquei, mostrando-me arrependida, mas de certa forma não estava.

- Porque é que desta vez me consigo lembrar? -, Ele pensou alto.

- Possivelmente, porque bebeste menos. -, Experimentei, - Eu lembrava-me de algumas cenas da outra vez. -, Absorveu a informação e eu apaguei o cigarro.

- Mas porque venho ter contigo? -, Perguntou para si próprio, como se já não tivesse diálogo interior.

- Isso já não sei. Mas posso oferecer algumas teorias. -, Comentei, voltando a encostar-me à cabeceira algo zangada pela pergunta.

- Teorias? -, O Guilherme perguntou com curiosidade perturbada, vindo sentar-se ao meu lado, apoiando também as costas na cabeceira e fixando-me.

- Ou porque estás completamente apaixonado por mim; Ou porque eu sou irresistível; Ou porque sou óptima da cama; Ou porque sou a tua fantasia secreta; Ou pelos meus lindos olhos castanhos... -, Enumerei de forma meio seca, meio na brincadeira, mas na esperança que ele escolhesse uma das opções.

- Ok, já entendi. -, Interrompeu de forma zangada, fazendo-me rir da sua posição desconfortável e ele apenas me olhou sofridamente. - Eu acho que estava com alguém. -, Lembrou-se.

- Amiga ou alguém que conheceste lá? -, Perguntei não me dando conta do quanto a minha pergunta mostrava a minha curiosidade sobre a sua vida amorosa.

- Não me lembro.

- Bem, se o teu telefone não tocou até agora, devia ser alguém que conheceste por lá mesmo. Se fosse tua conhecida, já teria ligado a mandar vir. -, Conclui.

O Guilherme respirou fundo, encostando a cabeça à cabeceira. Nenhum dos dois estava totalmente à vontade, mas ao mesmo tempo já eramos mais íntimos do que gostaríamos de admitir. Olhei-o curiosamente, tentando adivinhar os seus pensamentos.

- Eu fui lá para tentar falar com o barman, mas acabei por não falar com ele. Queria tirar a dúvida e então bebi uns shots daquilo. -, Explicou com os olhos fixos no nada à sua frente.

- E tiraste a dúvida? -, Perguntei já sabendo qual a resposta.

- Acho que dá para perceber que sim. -, Admitiu.

- Quando bebemos aquela cena viramos animais. -, Pensei em voz alta, recebendo um olhar um tanto reprovador do seu lado. – É verdade. – Acendi um segundo cigarro. – Acho que as tuas costas e o meu pescoço falam por si, não? -, Indiquei expelindo o fumo. – Não costumo ser tão... violenta. -, Admiti.

- Eu também não. -, Confessou em voz baixa.

Ainda enrolada no lençol levantei-me da cama. Ele observou-me a levantar e segurou me o braço quando eu ia a meio do gesto, puxando-me de volta. Sentei-me com o puxão, olhando-o de seguida, zangada. Reparei que ele não me olhava para a cara.

- O que aconteceu ao teu ombro? -, Perguntou. E apenas naquele momento reparei na ferida coberta de sangue seco.

- Não sei exactamente. -, Indiquei, tentando lembrar-me. Não me doía a não ser quando lhe toquei.

Pousei o cigarro no cinzeiro e dirigi-me à casa de banho para me puder limpar. Ele seguiu-me, assim que enfiou as calças. Passei-lhe a mesma solução salina que tinha usado para limpar as feridas das suas costas e ele limpou-me o ombro. Nessa altura doeu mais, segurei-me ao lavatório reprimindo sons de dor. Quando toda a ferida estava limpa percebi, pelo seu reflexo no espelho, que estava paralisado. Observei o ombro e entendi o porquê. A ferida era constituída pela impressão dos dentes do Guilherme, não havia dúvida que eram os seus, pois a pequena falha no dente da frente estava bem presente na mordida que eu ostentava.

Ele ficou como hipnotizado a olhar para aquela marca, tendo toda a noção das palavras que eu proferia apenas há alguns momentos antes. Animais. Puxei o lençol de forma a tapar essa mesma ferida e isso despertou-o do seu transe. Os seus lábios entreabriram-se possivelmente para se desculpar, mas eu não o deixei falar, pousando o meu dedo nos meus lábios e abanando a cabeça.

Saí da casa de banho e larguei o lençol, não tendo sequer atenção se ele estaria ou não a observar-me, em todo o caso ele já me tinha visto nua. Puxei o roupão que se encontrava pendurado ao lado da cama e enfiei-me lá dentro agilmente. Virei-me tirando uma nova fumaça do meu cigarro, encontrando o Guilherme encostado à porta da casa de banho com um ar arrependido e desesperado.

- Temos que perceber o que se passa. -, Declarou.

- Sim, seria interessante saber porque é que isto nos acontece. -, Admiti.

- Temos que lá voltar e falar com o barman. -, Ele urgiu.

- Eu vou ligar à minha amiga, vamos lá amanhã, quando aquilo abrir, e falamos com ele. -, Planeei, enquanto ajeitava a cama, não o fazia por mais nada a não ser para me manter ocupada. No meio dos lençóis encontrei o preservativo que se deveria ter soltado durante a noite. A sua expressão ficou vidrada naquele objecto, enquanto o segurava e procurava o outro que tinha atirado ao chão. Passei por ele para a casa de banho para os deitar fora e o Guilherme tapou a cara com a mão, abanando a cabeça, com vergonha.

- Como é que eu fui capaz de fazer isto? -, Desabafou enquanto eu passava novamente.

– Ok, Gui, estás a começar a iritar-me! Bolas, como achas que me sinto a ouvir isso? Até parece que dormires comigo foi uma tortura do caraças. -, Ralhei. – Não deve ter sido assim tão mau, tu é que viste cá buscar mais! -, Ele parecia uma criança a levar um raspanete.

- É melhor eu ir embora. -, Acabou por dizer. Embora a resposta que eu queria ouvir era que não tinha problemas em estar comigo, mas nada na sua expressão o parecia indicar.

Recolheu a sua t-shirt e levou os seus ténis para os calçar no sofá. Aproximei-me, sentando-me no cadeirão ao lado. Queria iniciar alguma conversa, mas não sabia bem o que dizer. Ele levantou-se e, sem mais palavras, dirigiu-se à porta.

- Eu mando-te uma mensagem a dizer a que horas vou. -, Indiquei-lhe à pressa, ele acenou e saiu porta fora.

Segurei a cabeça entre as mãos a pensar no que tinha dito. Não era uma boa coisa de se dizer quando se está a tentar não perder contacto com alguém. Mas o facto é que a sua atitude estava mesmo a chatear-me. Ao mesmo tempo não conseguia deixar de me recriminar pelo que tinha feito, ele tinha razão no que dizia, eu tinha-me aproveitado da sua situação, não tinha agido de forma correcta, deveria tê-lo deixado dormir, mas os meus instintos mais básicos tinham entrado em acção.

O Guilherme deveria saber que toda a situação tinha sido criada por ele, desde o momento em que me tinha procurado naquela discoteca. Eu não procurava nada, mas enganava-me em pensar que ele me teria procurado com qualquer plano em mente. Deveria saber o quanto mexia comigo, desde esse primeiro momento, mas eu não tinha coragem para lhe dizer, por isso a sua mente iria apenas reter que num momento de fraqueza eu teria ido mais além do que devia e ele era apenas a vítima inocente.

Conforme prometido liguei à Joana e marquei com ela uma hora para puder falar com o barman. Também conforme prometido enviei uma mensagem ao Guilherme com as horas a que ia. Recebi uma resposta curta e seca.

"Espera-me à porta." -, Chorei, ele não me viria buscar, apenas concordava vir comigo para resolver a suas dúvidas, não queria mais estar na minha companhia. Perto da hora, vesti-me, como se fosse sair, efectivamente, queria estar atraente, convencia-me que

era por mim que o fazia, mas sabia no meu amago que era por ele. Uma última tentativa de o aproximar a mim. Escolhi a t-shirt com mais decote que tinha na mala, era vermelha, como a cor do vestido que já havia elogiado. Se ele se tinha apercebido que esse era o problema na noite dos beijos, talvez se apercebesse do esforço desta vez. Enrolei o lenço azul à volta do pescoço que ele tinha marcado, não querendo relembra-lo dos seus erros e saí ao seu encontro.

Encostei-me à parede exterior do Mama Joana à sua espera. A noite ainda estava a cair e as cores do pôr-do-sol estavam a começar a desaparecer, espalhando o seu tom rosa dourado a toda à volta. Distraí-me com o meu cigarro a olhar a forma como as nuvens iam mudando de tonalidade, do normal branco para o cinza e cor-de-rosa, relembrando o dia em que lhe descrevera tudo o que via durante a viagem de comboio. Sorri instintivamente e não me apercebi da sua chegada.

O Guilherme apanhou-me naquela contemplação e manteve alguma distância para não me incomodar. Tirei um último trago do meu cigarro, mas não me apercebi que seria o último, não o apaguei e acabei por acordar com a dor de uma queimadura nos dedos. Larguei o cigarro e estalei os dedos, reprimindo um palavrão. O Guilherme aproximou-se, como se tivesse acabado de chegar.

- Olá! -, Cumprimentei, recompondo-me, sem saber que ele tinha visto toda a cena. Estudou a minha indumentária, mas não ofereceu nenhum comentário.

- Estavas distraída? -, Perguntou, fazendo-me perceber que já se encontrava ali há algum tempo.

- Sim, estava a ver o céu a mudar de cor. -, Expliquei um tanto envergonhada.

- Gostas mesmo do céu. -, Brincou, renovando a minha esperança de uma aproximação.

- Eu gosto das cores que a natureza produz. -, Indiquei a sorrir. – Nunca há duas iguais.

- Devias ter sido designer. -, Declarou.

- Não, é muito mais giro tentar descrevê-las por palavras do que recriá-las.

- E lá está aquela veia poética. -, Voltou a brincar num suspiro comovido. – Como estão os dedos? -, Olhei para eles mas não havia nenhuma marca e já nem doíam.

- Na boa, já me queimei tantas vezes que acho que já tenho calo. -, Brinquei, embaraçada por ele ter visto.

- Há uma boa maneira de isso não acontecer. -, Indicou, apontando-me o dedo e eu sabia o que ele queria dizer.

- Vamos? -, Mudei o assunto para aquele que sabia interessar mais. Avancei para a porta do bar saindo da sombra que me protegia.

- Morango. -, O Guilherme suspirou baixinho.

- O quê? -, Perguntei absorta.

- Ficas ruiva. -, Indicou num sorriso, fazendo-me corar. –Fica giro, tinhas razão. -, Recordou e eu sorri ainda mais embaraçada.

Entramos no bar, ainda era cedo por isso não havia muita gente. Procurei a minha amiga e o Guilherme seguiu-me como um carneirinho.

A Joana encontrava-se ao final do balcão em conversa com o Barman com quem queríamos falar. Aproximei-me com o Guilherme na minha peugada. Olhei-o de soslaio e ele parecia estar totalmente calmo, embora eu já o conhecesse o suficiente para saber que não era bem isso que se passava. As mãos enfiadas nos bolsos demonstravam o seu nervosismo, assim como a forma como a sua cabeça descaia para o lado.

- Olá. -, Cumprimentei o casal, interrompendo a conversa.

- Olá Iris! -, A Joana cumprimentou-me com um beijo. – Este é o Jorge. -, Apresentou-nos. O rapaz estava com ar comprometido. Eu não tinha dito o que se passava à minha amiga, apenas que precisava falar com ele.

- Olá Jorge. Podemos falar um minutinho? -, Perguntei amavelmente e ele acenou.

- Vou deixar-vos à vontade. -, A Joana declarou, deixando-nos a sós.

Sentei-me na cadeira alta onde a minha amiga estava e o Guilherme posicionou-se atrás de mim, inclinado sobre o balcão, como se fosse o meu guarda-costas. O barman estudou as nossas posições a tentar perceber qual seria o assunto que lhe queríamos abordar.

- Lembraste que eu estive aqui há umas semanas a fazer a campanha dos beijos? -, Perguntei-lhe e ele enrugou a testa por uns segundos, acenando de seguida. – Nessa noite tu serviste uns shots de uma cena castanha.

Sabes do que estou a falar? -, Ele endireitou-se na cadeira, denotando que sabia do que falava e que esse assunto não era o seu favorito. Esperei que ele me desse alguma resposta.

- Sim, o que tem? -, Perguntou algo agressivo, tendo a certeza que mais ninguém nos ouvia.

- O que é que aquilo leva? -, O Guilherme perguntou atrás de mim. Os olhos do Jorge saltaram a minha posição para a minha traseira em ofensa.

- Não posso dizer. -, Declarou curtamente.

- Nós não te queremos tramar. -, Expliquei, fazendo-o desviar a atenção de novo para mim. – O que nós queremos saber é se alguma vez te disseram que tiveram algum tipo de reacção adversa quando beberam aquilo. -, O barman riu-se, como se eu tivesse acabado de contar uma anedota.

Bati com as unhas no balcão enquanto aguardava que ele se acalmasse, tanto eu como o Guilherme não estávamos com cara de quem estava a achar piada. O rapaz lá se acalmou e voltou a ficar algo sério.

- É suposto aquilo ter uma reacção. É afrodisíaco. Por isso é que o sirvo aos casais. -, Explicou com um tom de voz baixo.

- Casais? -, O Guilherme perguntou de imediato, eu ia fazer a mesma pergunta, mas ele foi mais rápido. O Barman ficou um pouco confuso.

- Sim, vocês não estão juntos? -, Perguntou, deixando-me bastante desconfortável. Não fui capaz de responder e não ouvi qualquer som de trás, embora ele pudesse ter abanado a cabeça. – Desculpem-me, mas naquela noite foi a sensação que me deu.

- O que te fez pensar isso? -, Apressei-me a perguntar.

- Ahm... Ele foi o único que recebeu beijos na boca! Mais nenhuma das outras raparigas fez isso. Deste-lhe as tuas bebidas. -, O Jorge começou a enumerar e senti o Guilherme a mexer-se na sua posição do balcão, demonstrando o seu desconforto. - E tu não lhe tiravas os olhos de cima! -, Foi a minha vez de me mexer no banco, como se quisesse fugir, - Da forma como vocês se olhavam eu diria que namoravam um com o outro, ou pelo menos estavam em vias disso. -, Queria olhar para trás e ver a expressão do Guilherme, mas não o fiz com medo que ele entendesse que o que o barman dizia era mais verdade do que eu gostaria de admitir nesse momento. – Pensei que vos estava a ajudar.

- Somos apenas amigos. -, O Guilherme esclareceu.

- Mas se estão aqui a fazer-me essas perguntas é porque se calhar agora já são um pouco mais. -, O Jorge riu, fazendo pouco do nosso embaraçado.

- Isso não vem agora ao caso. -, Atalhei. – Diz-me o que poes nessa coisa que seja assim tão afrodisíaco. -, Ordenei. Ele hesitou, mas percebeu pela minha expressão que eu não iria desistir da resposta.

- Não quero que se saiba. -, Repetiu relutantemente. – Quero patentear a bebida assim que tiver mais fans.

- Fazes ideia do que essa merda faz? -, Explodi, surpreendendo os outros intervenientes. – O que faz as pessoas fazerem?

- Não sou responsável por o que quer seja que vocês tenham feito! -, O Jorge vociferou.

- Tu serves essa merda. Não pode simplesmente descartar-te... -, A mão do Guilherme pousou no meu ombro, como para me acalmar ou interromper. Calei-me, engolindo a minha frustração.

- Serve-nos um. -, Pediu como cliente, o Jorge rolou os olhos e contornou o balcão. Virei-me para a frente na cadeira, ficando a olhar para o espelho na minha frente, conseguia ver a expressão do Guilherme ao meu lado. Estava concentrado nos movimentos do barman, como se não quisesse perder nada do que este fazia. Fiz o mesmo.

Depois de um olhar à volta o mesmo retirou uma garrafa de líquido verde esverdeado quase florescente de algum armário em baixo do balcão, a mesma não tinha qualquer rótulo, por Isso não consegui perceber o que seria, depois um jarro de algo castanho apareceu e pelo cheiro percebi que seria cacau. Verteu uma boa quantidade do líquido verde para os copos de shot e depois juntou-lhes o cacau, juntou depois um pouco de Irish cream e por fim um licor castanho claro, mexendo com uma colher a mistura, pousando os copos à nossa frente. Olhou o Guilherme para lhe perguntar com olhos se estaria satisfeito e este deslizou uma nota no balcão na sua direcção, demostrando que isso concluiria a nossa conversa.

Fixei os meus olhos na bebida que tinha em frente. Como era possível aquilo ser assim tão afrodisíaco?

- Absinto e cacau! -, O Guilherme elucidou-me quanto à bebida. Não sabia se deveria ou não bebê-la. Já sabia qual seria a consequência, se é que acreditava que um shot daquilo me fazia soltar assim tanto. O Guilherme segurou o copo e virou-se de costas para o balcão, olhando em volta como se absorvesse o ambiente. Eu não conseguia parar de olhar para o copo à minha frente, como se este me atraísse e repugnasse ao mesmo tempo.

- Vamos sentar-nos numa mesa. -, Ele sugeriu.

- Claro. Escolhe aí uma, eu vou só à casa de banho. -, Indiquei.

O Guilherme encaminhou-se para a zona de mesas e eu bebi apressadamente aquela bebida quase intragável, sabendo que poderia ser a minha vez de lhe rasgar a roupa e violar. Pousei o copo do outro lado do balcão para que ele não o visse vazio. Fui até à casa de banho e molhei o rosto, mas não estava a sentir nada como o que já tinha sentido antes, no entanto sentia-me zonza. O que quer que fosse que tinha acabado de beber, era forte. Voltei para o bar e procurei-o na mesa, não havia qualquer copo à sua frente, depreendi que o teria largado algures. Sentei-me com um sorriso e por um momento ficamos os dois calados, estávamos os dois a absorver aquilo que o barman nos tinha dito. O nosso desconforto era agora maior. Os nossos olhos cruzaram-se por um segundo e ambos sorrimos nervosamente.

- O que achas-te? -, Acabei por perguntar.

- Do quê? -, Ele perguntou.

- Do que o gajo falou? -, Elaborei.

- Não sei. -, Suspirou, voltando-se para mim. – Pela cor diria que aquilo é absinto do forte, normalmente juntam-lhe água para não ser tão alcoólico. O cacau deve ter açúcar para ter aquele sabor doce no fim. -, Explicou doutrinando-me. - Até há pouco tempo se me tivessem dito que uma bebida fazia uma reacção como aquelas, eu dizia que era mentira, mas já ouvi dizer que o absinto pode provocar alucinações -, Admitiu. – Não sei sequer se acredito que foi daquilo.

- Se não foi daquilo, foi do quê? -, Perguntei, silenciando-o, mas queria apenas que desmentisse os comentários anteriores. – Eu também nunca acreditaria numa cena assim, mas o que é facto é que...

- Ele achou que nós estávamos juntos. -, Desabafou.

- Foi impressão dele! Quando se trabalha nestes sítios passa-se a vida a ver pessoal a juntar-se por umas horas, fica-se com a impressão de que cada vez que alguém se olha... estão apachachados. -, Expliquei a minha teoria.

- Apachachados? -, O Guilherme perguntou, olhando-me a rir-se da palavra.

- Quando se apaixona só por uma parte do corpo... -, Expliquei retribuindo o riso.

- Ah ok! Pois deve ter sido isso, ele interpretou mal a cena. -, Comentou vagamente. – Tu não ficaste a pensar mal de mim, por causa da cena dos beijos? -, Perguntou receoso.

- Claro que não! -, Expliquei, vendo que o tinha deixado um pouco mais descansado. – Era uma brincadeira. Se fosse para levar alguma coisa mal, levava a mal aquilo da cena a três que me disseste uma vez.

- Cena a três? -, Perguntou fora do contexto.

- O que é bom contigo é que tens memória de peixe. -, Comentei da sua falta de lembrança e ele manteve-se sério não gostando da referência ao facto de não se lembrar do que tínhamos feito. – Uma vez que estava cá em baixo a fumar com o Sandro. Perguntaste ao rapaz se se estava a fazer a mim e quando ele disse que não sugeriste uma cena a três. -, Relembrei.

- Ah, já me lembro. Essa foi tramada. -, Riu-se.

- Verdade. O rapaz quase não me fala, com vergonha. Nem sempre pensas que quem tens à frente pode dar-te respostas tão tramadas como as bocas que mandas. -,Contei.

- Isso é bem verdade. -, Suspirou talvez se lembrando de algumas das brincadeiras em que por vezes participava. – Ás vezes sai. -, Desculpou-se, quase como uma criança.

Um empregado depositou duas bebidas à nossa frente e ele olhou-me sem saber de onde haviam saído aquelas ofertas, olhei para o balcão e a Joana levantou-me um copo, com um sorriso. Levantei o meu copo, agradecendo a sua oferta e ele fez o mesmo apressadamente, assim que se apercebeu. Bateu o seu copo no meu e ambos bebemos um pouco, pousando depois os mesmos.

- Tu não costumas responder. Pelo menos não em voz alta. -, Ele completou a conversa.

- Não sei o que queres que te diga. -, Envergonhei-me.

- Nada. -, Sorriu. — É engraçado que não o digas em voz alta, mas depois mandas-me emails ... marotos. -, Ri-me, enquanto engolia um pouco mais da minha bebida e me sentia mais zonza.

- Tu é que levas tudo abaixo da cintura. -, Atirei e o Guilherme voltou a mostrar-me aquele sorriso perfeito e maroto. - Não me levas a mal, ou levas? -, Perguntei, cada vez mais preocupada em perder a sua companhia. - Às vezes posso estar a exagerar!

- Não! Se levasse já tinha deixado de te falar. -, Indicou curtamente.

- Bem, és radical. -, Assustei-me.

- Porque vou perder o meu tempo com pessoal parvo? -, Confessou.

- Tipo uma loura chata que passa a vida a melgar-te, quando faz asneira? -, Experimentei.

- Sim, há uma loura muito chata lá na empresa. -, Ele riu-se. – Mas eu percebo, se precisas das cenas tens que chatear.

- Mas também já te ajudei em algumas cenas. -, Relembrei.

- Verdade. Se não fosses tu a dar a volta ao texto daquele anúncio do curso por correspondência tínhamos perdido aqueles clientes. – Admitiu, retirando um gole da sua bebida.

- Não foi nada demais. Não poderias saber qual a melhor linguagem a usar, não é a tua área. -, Desmistifiquei a situação.

- Não foi só isso, o relatório de custos versus benefícios que apresentaste também contribuiu e bem. -, Ele admitiu, enquanto eu bebericava do meu copo.

- Ya, eu pensava que para se ser designer era necessário ter matemática, mas parece-me que saltaste essa parte na escola. -, Brinquei.

- É um bocado isso. -, Riu-se. – Que queres sou desorganizado por natureza e fazer relatórios não é muito a minha praia. -, Admitiu, fazendo-me rir. – Gosto de desenhar e construir as páginas e os sites, não gosto de ter de me preocupar com esses pormenores mais financeiros.

- Não discordo, mas... não foste tu que trouxeste a campanha? -, Lancei-lhe sob o meu copo.

- Isso ensinou-me muito. -, Inclinei a cabeça inquisitoriamente, - Não te armes em vendedor! -, E largamos uma gargalhada conjunta bem sonora. Num bar quase vazio o eco era estrondoso.

Acalmámos as nossas gargalhadas com mais alguns goles das nossas bebidas e depois silenciamo-nos por um momento. Eu não queria sair da sua companhia, mas a única coisa que tinha para lhe dizer era algo delicado e que tinha medo que o fizesse querer ir embora. Não sabia bem como abordar a questão que o tinha feito sair do apartamento da última vez que tínhamos estado juntos.

- Eu queria pedir-te desculpa. -, Iniciei e ele ficou sério, já depreendendo o teor do assunto seguinte. – Não

tive o comportamento mais correcto ontem, nem durante, nem depois. -, Expliquei enquanto ele levava de novo a sua bebida à boca. – Isso, sim, podes levar a mal. Eu não devia ter-me... aproveitado. -, Admiti. – Mas entende um cena, e isto não é desculpa, mas, um gajo aparece-me do nada, pronto para seguir, a carne é fraca. Bolas, não és de se deitar fora e uma rapariga também tem as suas fraquezas, não é? -, Tentei explicar, rebolando nas minhas próprias palavras e ele levantou o canto do lábio num pequeno sorriso orgulhoso. – Também não podes ser sempre tu a fazer o que queres.

- Essa é que é a questão! Eu queria? -, Perguntou-me e foi a minha vez de beber e aproveitar para pensar numa resposta. - Ou será que fui ter contigo porque já tínhamos estado uma vez juntos e fiz uma associação? -, Ofereceu.

- Também é valido. -, Indiquei. – Mas o que não é simpático é depois das duas vezes que passamos juntos tu dizeres na minha cara que nunca poderia ter acontecido. Bolas, uma gaja até se sente um bocado, tipo, lixo! -, Ralhei docemente e ele premiu os lábios admitindo a falha. – Até o podes pensar. Tipo: Que horror, como é que fui para a cama com este camafeu, mas não o dizes abertamente. Ou pelo menos dizes de forma mais simpática. Ou então ignoras, como disseste que fazias. -, Sugeri triste.

- Tens razão! Mas também não estava bem nas minhas plenas capacidades, tens que dar um desconto. -, Indicou, não contradizendo as suas palavras anteriores. Na realidade era o que queria ouvir, mas na ausência disso mesmo apenas suspirei.

- Eu dei um grande desconto. Nem te cobrei a minha camisa de noite. -, Brinquei.

- Eu também não te cobrei os arranhões que me fizeste, que ainda me dói estar sentado. -, Brincou de volta.

- Hey, eu tratei dessa parte, dei-te uma pomada muito boa para isso. Acho que te estás a esquecer da impressão dentária que tenho ombro, digna de um CSI! -, Relembrei-o, fazendo-o rir.

- Ai, Iris, o que faço contigo? -, Perguntou como para me silenciar.

- Não disseste que te lembravas? Ou queres que te conte em detalhe?

- Não, rapariga, deixa-te estar. -, Atalhou.

- Desculpa, estou a esticar-me. -, Calei-me, ocupando a minha boca com o copo.

- Não! Não é isso. Referia-me a como vamos estar daqui para a frente? -, Perguntou.

- Vamos fazer um plano. Ninguém sabe disto a não ser nós, por isso mantemos as cenas assim e continuamos a dar-nos como sempre. Melgo-te quando precisar de alguma cena e tu mandas-me para o caralhinho quando te chatear muito. Mas não te preocupes que agora já sei que não vai ser para o teu, tenho que procurar outro. -, Riu-se da sugestão, abanando a cabeça. – Estou a tentar colocar isto numa perspectiva mais humorística. -, Ele acenou, concordando que estaria a funcionar. – Mas falando a sério. Esquece que isto aconteceu. Não vamos fazer uma cena destas estragar uma boa relação de trabalho.

- Uma relação de trabalho. -, Repetiu com alguma desilusão. - Claro que isso não vai ser afectado.

- Óptimo!

Terminamos as nossas bebidas e ele fez de imediato menção de se levantar. Segui-o embora soubesse que não iria com ele para lugar algum. Iria apenas de volta para o apartamento, deitar-me e dormir, porque a minha cabeça estava demasiado leve para qualquer outra coisa. Saímos e eu acendi de imediato um cigarro enquanto o Guilherme fez um compasso de espera enquanto eu soprava o fumo.

- Vais para casa? -, Perguntei, sem saber se levaria a pergunta mal.

- Sim, tu vais ficar, né? -, Perguntou-me, apanhando-me de surpresa.

- Ahm... Não. -, Gaguejei, voltando a tirar algum fumo do meu cigarro.

- Pensei... Como estavas assim mais... composta, que fosses ficar ai a curtir. -, Ele indicou e eu inflei contente por ele ter reparado.

- Não. Vim de um jantar. -, Menti. – Agora vou para casa também.

- Então, acaba lá de fumar isso que eu dou-te boleia. -, Ofereceu e não consegui evitar um sorriso, iria ter mais um pouco da sua companhia.

Não fumei o cigarro até ao fim, atirei-o fora a meio e segui-o para o carro. Seguimos caminho e, rapidamente, encontrávamo-nos à porta do prédio, pois ele já conhecia o trajecto. Passei toda a viajem a pensar como me iria despedir. Um aceno, um beijo?

O travão de mão fez o seu clique e percebi que era a hora de fazer algo. Cheguei próximo da sua face e depositei-lhe um beijo, um pouco como uma criança faria, afastei-me, mas no mesmo momento ele imitou o meu gesto. O meu corpo tremeu com o encostar do seu lábio na minha face e inalei o ar com dificuldade. Apercebi-me que ele tinha reparado. Afastei-me, então, procurando à pressa o puxador da porta, mas o mesmo não estava a responder. Sentia as faces a roborizar e não conseguia sair do carro.

- Devo mesmo ser loura, porque não estou a conseguir abrir a porta. -, Indiquei de forma embaraçada.

- Ah, desculpa, tinha as portas trancadas. -, Indicou carregando num botão do tablier. Ouvi um estalido e entendi que desta vez já daria para abrir.

- Ok, adeus então. Até segunda! -, Despedi-me.

- Até segunda! -, Ele despediu-se.

Saí do carro e fiquei a vê-lo afastar-se. Subi para o apartamento, começando a sentir os efeitos do shot que tinha tomado. Começava a sentir um formigueiro a invadir o meu corpo. Os meus tendões começavam a repuxar e os meus músculos contraiam-se como se estivesse a fazer exercício. Subi no elevador, abraçando o meu próprio corpo parecia estar com frio, mas o que estava na realidade a acontecer é que me sentia a aquecer desmesuradamente. Entrei no apartamento e desfiz-me de imediato da minha roupa, entrando no chuveiro a tentar acalmar a minha própria temperatura. Comecei o duche com água quente mas num instante passei para a água fria, mas a água não surtiu qualquer efeito, no entanto. Saí da banheira e enrolei-me na toalha, mas o roçar da mesma sobre a minha pele intensificou toda a circulação sanguínea. Deitei-me na cama, retirando a toalha e passando as mãos pelo corpo, como se outra pessoa me tocasse.

Queria fazer o mesmo que o Guilherme me tinha feito, queria irromper pela sua casa e rasgar-lhe a roupa. Queria atirá-lo ao chão e fazer amor com ele no meio da sua sala.

Puxei a minha mala e retirei o meu telefone, ligando-lhe, pronta para lhe dizer isso mesmo. Queria partilhar com ele o que estava a sentir, dizer-lhe o quanto desejava o seu corpo e a sua companhia.

- Olá. -, O Guilherme falou com a voz rouca.

- Olá! – Respondi ainda um pouco ofegante.

- O que estavas a fazer? Pareces cansada. -, Apercebeu-se.

- Nada. É impressão tua. Estou deitada -, Respondi sustendo a respiração para que ele não notasse.

- Eu estava aqui a pensar no que aconteceu. -, Comecei, trazendo-me à memória todos os seus toques e fazendo-me suspirar.

– Acho que me lembrei de algumas coisas que aconteceram quando estiveste aqui. -, Ele declarou.

- A sério? -, Perguntei comprimindo as minhas coxas a cada audição das suas palavras.

- Acho que sim. Lembrei-me de estar no táxi e de nos beijarmos. -, Contou, como se se tivesse lembrado de onde tinha deixado as chaves. – E tive alguns flashes de estarmos na cama.

- Isso é... bom! -, Falei sem saber o que dizer. O meu cérebro não estava a funcionar nas melhores condições.

- São boas memórias. -, Confessou num sussurro e ri-me um pouco, soltando também um pequeno gemido, enquanto lutava contra a vontade de me tocar. – Iris, tu bebeste o shot, não foi?

- Não! -, Respondi num aperto de garganta, sustendo de novo a respiração.

- Eu sei que bebeste, porque eu também bebi o meu... -, Surpreendeu-me. – Estou a sentir o mesmo que tu.

- Não estás não. -, Repliquei. – Tu estás a falar comigo na boa. -, Expliquei.

- Queres saber de onde é que te estou a falar? -, Ele perguntou rindo-se.

- De onde? -, Perguntei com curiosidade.

- Da banheira. -, Ele respondeu, fazendo-me rir às gargalhadas.

- Estás nu? -, Perguntei sabendo que a resposta era óbvia.

- Estou e tu?

- Também. Mas estou na cama. -, Expliquei com a voz rouca. - Queria estar dentro dessa água. -, Confessei.

- Está fria! -, O Guilherme indicou a rir.

- Vem para aqui. -, Convidei.

- Se for para aí aqueces-me? -, Perguntou derretendo-me.

- Enrolo-me em ti e aqueço-te com o meu corpo. -, Expliquei já sem controlo nas minhas palavras ou respiração.

- Estás assim tão quente?

- Não fazes ideia. -, Respondi num suspiro.

- Onde estás mais quente? -, Sussurrou com a voz rouca.

- Lá em baixo! -, Respondi esgueirando a minha mão para o local.

- Posso tocar?

- Podes. -, Gemi.

- Lembro-me que é suave. -, Indicou enquanto eu me massajava.

- Tens frio? -, Perguntei já ofegante.

- Lá em baixo! -, Respondeu com as minhas palavras.

- Posso aquecer-te com a minha boca? -, Perguntei, ouvindo-o suspirar pesadamente. – Lembras-te quando a minha língua estava a circular a tua glande. -,

Ouvi o seu silvo prazeroso. – Estava quente dentro da minha boca. Suguei-te devagarinho. -, Descrevi. – E a minha língua serpenteou todo o teu comprimento. Continuei a sugar-te gentilmente, para cima e para baixo. Consiga sentir as tuas veias a sobressair como se todo o ser se quisesse fundir com os meus lábios. -, Continuei a ouvir os seus suspiros a aumentar. - Parecia o tronco duro de uma árvore, mas com a suavidade de uma pétala macia. Passei os dentes pela tua pele, só um bocadinho de dor, e depois suguei com mais força, mais depressa. -, Não era uma descrição digna da que já lhe tinha feito do nascer do Sol, mas estava um pouco ocupada para conseguir tal eloquência.

- Estás molhada? -, Ele perguntou entre suspiros mais fortes.

- Sim. -, Respondi um silvo. – Não é justo, quero-te dentro de mim. -, Queixei-me.

- Usa os teus dedos, finge que sou eu. -, Sugeriu.

Penetrei-me soltando um gemido mais alto, percebi pelo seu suspiro que isso lhe tinha aumentado o prazer. Usei-me como se fosse usada por ele, relembrando os momentos que havíamos passado juntos. Ouvi a sua respiração intensificar-se ao ouvir a minha.

- Fala comigo! -, Pediu-me numa exalação forçada.

- Estás dentro de mim e eu estou a beijar-te profundamente. Cobres-me o corpo, invades-me com força e firmeza. Rápido e fundo. -, Expliquei entre gemidos, fazendo-o suspirar.

- Quero estar mais fundo. -, Pediu.

- Estás totalmente dentro de mim. -, Indiquei sentindo o meu corpo a anunciar o clímax. – Estás quase? -, Perguntei ofegante.

- Sim. -, Ouvi a sua respiração contida.

- Quero vir-me contigo. -, Anunciei, travando o meu próprio prazer.

- Agora! -, Ele anunciou e soltamo-nos ao mesmo tempo.

Gritei e gemi enquanto me penetrava o mais fundo que conseguia com os meus dedos. Ouvi os seus gemidos e imaginava a água límpida a ficar turva com o seu suor e a sua descarga. Os sons que vinham pelo telefone excitavam-me ainda mais e penso que o mesmo sucedia do seu lado. O nosso orgasmo conjunto demorou bastante tempo e as nossas vozes já se encontravam arranhadas. Cessei os meus próprios toques e fiquei inerte no centro da cama a sentir todo o calor e tremor do meu acto, do seu lado ouvi apenas um som estranho.

Olhei o telefone e a chamada tinha ido abaixo. Tentei ligar-lhe, mas o telefone dava apenas sinal de interrompido. Permaneci na cama a gozar o meu próprio orgasmo, pensando se ele estaria a gozar o seu ou se teria sido interrompido naquele momento. Acabei por me deixar dormir no centro da cama sentindo o calor daquela bebida a circular pelo meu corpo, ou seria o calor do meu exercício?

Capítulo 10

Sentei-me à minha secretária esperando ansiosamente que o Guilherme viesse ao meu encontro. Tinha passado todo o Domingo a tentar ligar-lhe, mas não conseguia falar-lhe de forma alguma. Já estava farta de ouvir o toque de interrompido. Tentei distrair-me com o trabalho para que ninguém notasse que estava à sua espera. A azáfama do escritório foi crescendo à medida que o pessoal foi chegando e eu tive que desligar-me de tudo para me conseguir concentrar. Acendi a minha pequena vela amarela e, concentrando-me na sua chama, acabei por nem me lembrar que esperava o Guilherme. Mas ele não teve qualquer tipo de comunicação comigo, física ou virtual. Conseguia vê-lo sempre que se movimentava pela grande sala para falar com qualquer um dos seus colegas, mas nem por uma vez me olhou. Senti-me mal com isso, quase como usada. Mas por um lado entendi que se o plano era não revelar a ninguém que nos tínhamos tornado mais íntimos, não podíamos dar azo a qualquer rumor. Fantasiei que talvez existissem sentimentos mais profundos a formarem-se e por isso mesmo ele evitava estar perto de mim para que não se notasse.

A semana foi passando e sem qualquer tipo de interpelação começava a abandonar a fantasia inicial para perceber que talvez estivesse mesmo a ignorar-me como disse que faria. Esse pensamento entristeceu-me até aos ossos. Não lhe havia dado motivos para me ignorar, antes pelo contrário, e havia sido ele que me procurara anteriormente. O que podia ter feito ou dito para o afastar daquela forma.

Deixei de sorrir e fiquei cada vez mais calada. Os meus colegas perceberam que algo se passava, mas ninguém comentou ou perguntou o que quer que fosse, também não lhes diria mesmo que perguntassem. A Sara ainda tentou mas foi um esforço inútil, deflecti todas as suas conversas e fechei-me para o mundo, enclausurada nas memórias que tinha. Evitei o contacto visual com todos e por fim deixei de falar por completo. Se era isso que o Guilherme queria então tinha acertado no Jackpot, apenas me concentraria no meu trabalho, como sempre havia dito que devia fazer. Não criaria laços com os demais, para que os mesmos não me roubassem tempo para o que realmente interessava.

No final da semana a impressora decidiu fazer das suas, para aumentar o meu, já alto, estado de irritação. Liguei e desliguei-a várias vezes a tentar perceber pelas curtas mensagens que me dava qual seria o problema. Já me encontrava cansada e frustrada e, num acesso de raiva, acabei por esmurrar o aparelho.

- Acho que à pancada não vais a lado nenhum. -, Ouvi a voz do Guilherme atrás de mim. Levantei a cabeça, mas não o olhei. – O que se passa?

- Acho que a matei! -, Respondi sem tirar os olhos da impressora.

- Então'?

- Dei-lhe trabalho a mais. -, Elaborei num tom zangado. – Diz que não reconhece o scanner e agora sempre que se tenta imprimir dá Erro Fatal! Está um tanto fatalista, a menina. E eu preciso de imprimir uma coisa com urgência.

- Deixa-me tentar. -, Pediu, ocupando o lugar ao meu lado. Os seus testes foram os mesmos que eu já tinha feito e surtiram o mesmo efeito. – Acho que a mataste mesmo. -, Riu, mas não lhe devolvi nem um sorriso.

- Deixa-a descansar. Às vezes ela reanima! -, Indiquei desligando o aparelho. - Se não temos que chamar cá o técnico. –, Virei-lhe costas para voltar à minha secretária.

- Podemos falar um bocadinho? -, Pediu, segurando-me o braço, gentilmente, e eu respirei fundo, ponderando se lhe havia dar essa hipótese. Voltei-me para si e acenei de forma seca. O Guilherme olhou em volta para verificar que não se encontrava ninguém demasiado perto para nos ouvir. Esperei que falasse, era óbvio que estava triste e ele apercebeu-se disso de imediato. – Queria convidar-te para jantar. -, Declarou e a minha surpresa foi total, arregalei os olhos e pisquei algumas vezes como se estivesse a gravar a sua última frase no meu cérebro. – Podes amanhã?

- Sim, posso. -, Indiquei ainda envolta em total espanto, repreendendo-me internamente pela rapidez no proferir das palavras.

- Podemos seguir logo daqui, se não te importares. -, Ele sugeriu e abanei a cabeça mecanicamente. – Ok, então amanhã espera-me depois das sete.

- Ok, eu espero! -, Repeti ainda mecanicamente.

Estava completamente dormente, não sabia o que pensar do seu convite. Não me tinha falado a semana toda e de repente saía-se com isto. Estava tão surpresa que nem me lembrei de ficar contente por ter recebido tal convite. A minha expressão manteve-se fechada enquanto ele se afastava, deitando-me alguns olhares pelo caminho. Voltei ao meu lugar e continuei o meu trabalho como um robot. O meu cérebro envolvia-se sobre si mesmo e não conseguia ter uma ideia fixa, mas a minha expressão devia estar diferente porque a Sara olhou-me de lado, piscando-me o olho de seguida, como se ambas fizéssemos parte de algum plano que eu desconhecia. Embora os meus olhos se mantivessem no ecrã e os meus dedos se mexessem sobre o teclado, produzindo som e letras, não seria capaz de me lembrar de uma única coisa que tivesse feito desde o momento em que tinha ouvido o convite do Guilherme.

O dia do jantar trouxe-me mais problemas, não sabia que tipo de jantar seria. Deveria vestir-me de forma mais casual para uma coisa entre amigos ou de forma mais provocadora? O que queria mesmo era que fosse um jantar romântico, ou algo parecido, mas ao mesmo tempo também não queria perder a sua amizade, caso a parte romântica fosse por água abaixo. Além disso estaria a trabalhar o dia todo, teria que ter em atenção a esse pormenor para não levantar muitas suspeitas. Decidi-me por um vestido curto, mas algo profissional e claro, saltos. Sentia-me mais arrojada sobre saltos. Embora também, sempre, algo desengonçada.

O dia corria como sempre corre, tirando o facto de me sentir ansiosa pelo jantar que se adivinhava. As perguntas eram muitas, mas a mais pertinente era porque raio havia feito o convite. Ponderei falar do assunto à Sara, mas assustava-me que ela soubesse do que se passava. No entanto ela seria uma pessoa que me poderia elucidar um pouco a mente do Guilherme. Mas a posição em que a colocaria era complicada de entender. Caso estivéssemos perto de nos afastar de vez, seria estranho para ela, teria de escolher lados e não lhe desejaria isso no trabalho. Se nos estivéssemos a juntar, ela podia não ser de acordo por trabalharmos juntos. Era mais fácil manter-me calma e esperar pelo que a noite trazia. Com certeza que conseguiria resolver o que quer que fosse que estivesse para vir.

Tive que dirigir-me ao canto onde o Guilherme se encontrava para relatar alguns problemas nos últimos textos apresentados e assim que me aproximei ouvi assobios e comentários à indumentária. Sorri, agradecendo. Sentei-me ao lado do Tiago começando a relatar o que lhe tinha vindo dizer, sendo interrompida pelos meus próprios olhares para a secretária do Guilherme, embora ele não parecesse sequer ter dado conta que eu ali estava. Terminada a conversa levantei-me para voltar ao meu posto.

- Íris! -, Ouvi chamar e voltei para trás, procurando quem me tinha chamado.

- Quem me quer? -, Perguntei, não tendo tido tempo de perceber de quem era a voz.

- O Guilherme. -, O Tiago indicou-me.

Os meus olhos cruzaram-se com os dele e nos meus estava escrito que o Tiago devia ser vidente. O Guilherme apenas sorria da forma como a locução se tinha desenrolado, abanei a cabeça ligeiramente impedindo um qualquer comentário da sua parte.

- Diz! -, Pedi, à medida que me aproximava da sua cadeira.

- Era só para saber se por acaso já tinhas conseguido reanimar a impressora. -, Perguntou.

- Ah, sim! Continua a dizer que não encontra o scanner, embora ele continue no mesmo sítio. -, Expliquei, fazendo-o rir-se. – Mas já reavivou.

- Não admira. -, Respondeu casualmente. Olhei-o com cara de zangada e ele sorriu-me.

- O que estás a insinuar? -, Perguntei.

- Apareces-lhe à frente assim, ela começa logo a cuspir folhas! -, Explicou referindo-se à indumentária e rindo-se.

- Estás a dizer que a impressora é lésbica? -, Perguntei muito curiosa, fazendo os restantes soltar algumas gargalhadas.

- A verdade é que tu e aquela impressora têm uma relação muito próxima! Ela só funciona nas tuas mãos. -, O Guilherme explicou de forma marota. – Não faço ideia o que lhe fazes. -, Dei-lhe um olhar fulminante. - És a guardiã da impressora. Se não tás cá ninguém sabe funcionar com aquilo. -, Corrigiu como se se desculpasse.

Fez-me sorrir perceber que a nossa relação não se tinha alterado. Continuava a ser alguém como quem brincava, ou seja, não me ignorava como havia dito que faria.

- Que culpa tenho eu de trabalhar bem com as mãos? -, Perguntei inocentemente, mas consciente das segundas intenções nas minhas palavras. Arriscava tudo.

- Ela adora as tuas mãos! -, O Guilherme ainda brincou enquanto me afastava, mas já não lhe dei resposta. Já não tinha coragem para continuar e ao ouvi-lo a minha face roborizava debaixo das gargalhadas dos restantes colegas.

Voltei para o meu posto um pouco mais feliz, o Guilherme continuava a brincar comigo como sempre tinha feito, mesmo que fosse usual fazê-lo com todos os que o rodeavam. Senti-me mais revigorada por saber que mais logo iríamos estar a sós e poderíamos continuar neste tipo de brincadeira. A sós teria coragem de ir mais longe, mas ali frente aos meus colegas sentia que perderiam o respeito por mim. Apercebi-me que o respeito do

Guilherme se mantinha intacto, mesmo sabendo do que eu era capaz de fazer atrás de portas fechadas. Só somava pontos quanto ao seu carácter. Cada vez estava mais interessada no Guilherme e por um lado se me excitava também me assustava.

A hora de saída chegou e conforme tínhamos combinado, esperei-o na entrada do prédio para seguirmos para o nosso jantar. Ele demorou-se um pouco. Tive tempo para fumar dois cigarros lentamente enquanto esperava e desesperava. Finalmente, ele desceu e com um aceno de cabeça indicou-me que o devia seguir. Alguns dos colegas que se encontravam também à porta comentaram a nossa saída, mas nem eu nem ele oferecemos qualquer explicação. Seguimos apenas rua acima para o seu carro. Fiquei a pensar se teria sido prudente esperar por ele à porta, não sabia até que ponto ele se poderia sentir incomodado com o pessoal nos ver sair juntos. O Guilherme não disse nada sobre o assunto e eu acabei por deixar de pensar nisso. Por mim não havia qualquer problema, eramos apenas dois amigos a partilhar uma refeição, ou pelo menos era disso que me tentava convencer.

Ele seguiu sem qualquer palavra. Já tinha reparado que não estaria habituado a falar quando conduzia, possivelmente hábito de andar quase sempre sozinho. Mantive-me quieta no meu assento à espera da chegada ao restaurante. O carro parou e saí quase de imediato, concertando o meu vestido azul para que não me expusesse. Ele saiu do seu lado e pausou a observar, apanhei-o nessa contemplação.

- O quê? -, Perguntei.

- Nada, fica-te bem! -, Comentou no seu sorriso maroto.

Segui-o para dentro do restaurante chinês. Estranhei o local, visto que nunca tínhamos falado em comida, como saberia ele se eu gostava ou não deste tipo de cozinha. Acomodei-me e esperei que ele fizesse o mesmo, absorvendo o ambiente. Ele olhou-me e percebeu desde logo as minhas dúvidas.

- Está tudo bem? -, Perguntou.

- Sim. -, Respondi apenas.

- Gostas de chinês, não é? -, Perguntou-me.

- Sim, só não sei como é que tu sabes isso. -, Comentei e ele alargou ainda mais o seu sorriso, como se tivesse um segredo a guardar.

- No almoço de Natal que fizemos, ouvi-te a descrever a comida à Sara, calculei que gostasses. -, Explicou. Acenei espantada com o seu engenho.

- E ainda dizem que não tens memória. -, Comentei contra mim mesma.

- Por acaso lembrava-me disso. Achei engraçado estares a explicar como se cozinhavam as coisas. -, Relembrou.

- Então não te vais espantar se eu comer de pauzinhos? -, Perguntei.

- Nada! Se o consegues fazer, bom para ti!

O empregado entregou-nos as ementas e uma curta vista de olhos bastou-me para saber o que queria. Pedi de imediato o meu prato assim como o conjunto de pauzinhos. Ele demorou um pouco mais de tempo, mas acabou por indicar o que queria, juntando a escolha de um vinho ao pedido. Olhei-o sem ter nenhum tópico de conversa para iniciar e esperei que ele o fizesse, mas ele olhou-me com o mesmo problema.

- Ok, começo eu! -, Acabei por dizer, depois do vinho ter sido servido. Ele olhou-me com toda a atenção. – Porque me convidaste para jantar? -, Riu-se da minha forma directa de perguntar. Tomei um gole do meu vinho enquanto esperava pela sua resposta.

- Bem... considerando o que já passámos achei que te devia uma refeição. -, Explicou, deixando-me confusa, inclinei a cabeça. – Nós começamos ao contrário. -, Ele riu. – Costuma-se beber um café, depois um jantar e depois uma bebida e só depois é que se evolui para...

- Uma noite de sexo tórrido? -, Perguntei num sussurro.

- Ya, isso. -, Ele respondeu num sorriso nervoso.

- Então estás a tentar emendar o curso das coisas? -, Perguntei a tentar entender, esperançosa pela sua resposta.

- Mais ou menos isso.

- Faz sentido. -, Conclui.

- Também gostava de falar contigo, melhor, sobre estas cenas todas que nos aconteceram. -, Indicou, depois de ele próprio ter tirado um gole do seu vinho.

- Pois! -, Declarei, entendendo o disfarce da explicação anterior.

- Não faças essa cara. -, Pediu-me.

- Não estou a fazer nenhuma cara. Tu queres falar, ok, fala! -, Comentei com algum desprezo.

- O que foi?

- Nada, é só que tenho tentado falar contigo e não me atendes o telefone e agora dizes-me que me trouxeste a jantar para falarmos. Podia-te ter ficado mais barato, é só isso. -, Expliquei amargamente.

- O meu telefone! -, Ele baixou a cabeça. – Tive que o mandar arranjar. -, Explicou, senti-me mal com essa informação, já percebia o tom de impedido. – Por algum motivo caiu dentro de uma banheira cheia de água. -, Completou e eu percebi de imediato o que teria acontecido e que som era aquele que eu tinha ouvido.

- Sério? -, Perguntei retoricamente, ele apenas acenou com um sorriso envergonhado.

– Escorregou-me da mão quando ... -, Indicou, fazendo-me largar uma gargalhada. - Porque bebeste aquilo? -, Perguntou-me. – Esperavas alguma coisa daquela noite?

- Não! Tu até estavas um bocado zangado comigo, não esperava nada. Só queria mesmo tirar a dúvida. -, Expliquei. – Mas tu também bebeste aquilo... esperavas alguma coisa? -, Devolvi.

O empregado interrompeu a conversa com o pousar dos pratos à nossa frente. Continuei à espera da sua resposta, mas a sua atenção foi directamente para a comida. Com os pauzinhos, comecei a depenicar o meu prato em silêncio, não querendo repetir a pergunta.

- Não. -, Ele acabou por dizer muito tempo depois, tanto, que eu tive que voltar a pensar ao que é que ele estava a responder.

- Então?

- Nada, acho que quis saber se aquilo era mesmo assim tão poderoso. -, Explicou sem tirar os olhos do seu prato. – Tens pensado no que aconteceu? -, Queria dizer-lhe que não pensava em mais nada, mas contive-me e apenas encolhi os ombros.

- Eu acho que tinhas razão no que disseste. Que na primeira noite nós nos enrolamos porque não estava mais ninguém por perto. Se aquilo dá mesmo pedra, é normal que me procurasses, por associação. -, Expliquei muito cientificamente. – O cérebro é que manda.

- Pois, também acho que foi isso. -, Concordou.

- Como não há mais nada entre nós do que uma relação de trabalho, não fazia sentido ser mais alguma coisa para além disso. -, Testei, continuando a minha refeição, mas estudando as suas reacções.

- Bem, acho que já temos uma relação mais forte que apenas de trabalho. -, O Guilherme admitiu e eu levantei as sobrancelhas. – Sempre te achei piada. Não brinco com toda a gente como brinco contigo. -, Deixou-me algo orgulhosa de ter tanta atenção da sua parte. – Acho que pudemos dizer que somos mais amigos do que colegas.

- Fico feliz por ouvir isso. -, Admiti, sorrindo. – Mas lá está, somos apenas amigos.

- Posso fazer-te uma pergunta um pouco pessoal? -, Perguntou a medo e acenei a sorrir, enquanto mastigava. – A resposta que me mandaste ontem, estavas a tentar dizer-me alguma coisa? -, Perguntou e tive que tapar a boca para puder rir e não cuspir o meu jantar.

- Estava a testar-te. Gosto do teu sentido de humor. Consegues fazer naturalmente algo que me deixa pouco à vontade. És atrevido. -, Expliquei.

- Eu é que sou atrevido? -, Ele perguntou.

- Sim! Quem é me disse que eu inventava avarias no computador para te puder cheirar? -, Perguntei-lhe, relembrando-lhe mais um dos nossos episódios marotos e que na altura me havia feito corar até quase o ponto de explodir, até me aperceber que este era o seu jeito de brincar. O seu jeito de se manter em contacto com os que o rodeavam.

- Ok, eu disse isso, é verdade. Mas o teu computador não tinha nada. -, Ele indicou.

- Não sei o que aconteceu, mas quando me queixei não estava a funcionar bem, depois curou-se. Gosto muito da tua companhia mas não te ia estar a chatear com cenas inventadas, né? -, Contra-argumentei. – Mas agora que falas nisso, gosto bastante do teu aroma. -, Indiquei com alguma timidez.

- Vês? É só por isso que me chamas. -, Riu-se. – Mas não fui eu que andou a oferecer uma de borla... -, Relembrou. – Tu é que és atrevida.

- Ok, não perdoas nada! Mas tu é que quiseste beijos na boca. -, Relembrei pelo meu lado.

- Era na brincadeira. -, Rectificou de imediato.

- Mas se calhar eras o único a brincar. -, Falei de forma séria e o Guilherme paralisou por um momento. – Ficas tão engraçado quando ficas atrapalhado. -, Ele riu, relaxando.

Continuamos a comer e a rir das parvoíces que já tínhamos dito um ao outro.

- Como é que foste para á Cores de Prisma? -, Perguntou, mudando o assunto.

- Por intermédio da Sara e do Henrique. -, Expliquei.

- Já os conhecias?

- A Sara foi minha colega de escola. -, Contextualizei, - E quando começou a trabalhar aqui convidou-me para me juntar á equipa. O Henrique concordou e aqui estou eu.

- Ah! -, Exclamou, deixando-me inquieta.

- O quê? -, Inquiri de forma algo bruta.

- Nada. -, Defendeu-se.

- Não gostei desse "ah!" -, Indiquei. – Estás a insinuar que só estou na Cores de Prima por cunha?

- Iris, eu não disse nada disso. -, Defendeu-se ainda mais. – Acho que já provaste que és capaz no trabalho que fazes. Pelo menos, eu acho que sim. Tenho a certeza que se não fosses capaz o Henrique não te tinha contractado. Amiga ou não. -, Revirei os olhos, dando-lhe razão.

- Desculpa. -, Acabei por dizer.

O Guilherme recolheu um pouco da sua comida no garfo e ofereceu-me para que experimentasse. Calculei que fosse uma estratégia para me calar. Tomei o seu garfo na boca e denotei algo de diferente nos seus olhos enquanto observava o meu sorver. Era delicioso, a comida e o seu olhar. Com os meus pauzinhos recolhi um pouco da minha comida e apresentei-lhe para que pudesse comer também. Ele tomou os pauzinhos na boca chupando o seu conteúdo, olhei-o nos olhos e por momentos tive a certeza que a nossa expressão se assemelhava ao que apresentávamos quando estávamos sobre o efeito daquela bebida.

Humedeci os meus lábios, vindo-me à memória flashes do que já tínhamos passado. Ele bebeu um pouco mais de vinho, sem tirar os olhos dos meus. Tinha a certeza que ele estaria a ver o mesmo que eu. O empregado aproximou-se para retirar as travessas vazias e a nossa troca de olhares foi cortada.

- Onde estavas a trabalhar antes? -, Acabou por perguntar.

- Estava como freelancer. -, Sabes que não há muitos sítios para uma redactora.

- Algum trabalho que tenhas feito que eu conheça? -, Eu respirei fundo não me conseguindo lembrar de um único de que me orgulhasse.

- Lembraste de um jogo para telemóvel com a frase: "É assim que gira a roda!"? -, Aventurei a medo.

- Ahm, sim. Isso era muito mau. -, Declarou.

- Eu não achei quando o escrevi. -, Expliquei e ele quase corou, rindo de forma embaraçada.

- Desculpa.

- Não te preocupes. Eu sei que não foi o meu melhor trabalho. -, Exonerei-o.

- Esse jogo era uma bosta. -, Continuou. – Não havia muito que pudesses escrever que fosse melhorar.

- Eu sei. Quando estava na universidade só pensava em estudar e ter boas notas e quando sai da faculdade, pensei que fosse ser fácil trabalhar, mas já estava farta de ter que fazer texto para coisas que não interessavam a ninguém. Quando esta oportunidade apareceu, não hesitei. -, Contei.

- Ficaste a ganhar. -, Indicou.

Terminamos a nossa refeição com conversas mais circunstanciais, arrefecendo um pouco o ambiente entre nós. O Guilherme confundia-me, ora se mostrava interessado ora recuava e denotava timidez. Não o conseguia ler de forma alguma, mas a atracção que sentia por ele era o suficiente para me deixar o cérebro deficiente quanto a qualquer análise mais cuidada. Via a sua expressão mais primitiva em cada um dos seus sorrisos e de cada vez que me sentia a ficar embevecida pelas suas palavras bebia mais um pouco de vinho. Começava a pensar que no final de tudo ele ia pensar que eu era alcoólica.

Saímos do restaurante e dirigimo-nos para o apartamento que eu estava a guardar. Estava um pouco tonta do vinho e afundei-me no assento quase me deixando dormir. Senti um ligeiro abano e acordei.

- Estavas a dormir. -, Ele indicou docemente.

- Não exactamente, vinho dá-me moleza. -, Expliquei.

- Estás em casa. -, Olhei em volta e reconheci o prédio.

- Queres subir e tomar um café? -, Perguntei, arrependendo-me no mesmo segundo. – Não tomas café a esta hora, já me tinhas dito. -, Corrigi.

- Não, mas aceitava um copo de água. Acho que queimei a língua. -, Ele anunciou.

- Fogo, será que não és capaz de comer sem ter um acidente? Ou é brain-freeze com gelados, ou sujas-te com o molho das costeletas, agora queimaste-te. -, Queixei-me na brincadeira, enquanto ele sorria. Relembrava momentos passados em situações de trabalho e parecia que ele ficava contente em perceber a atenção que dedicava a esses momentos. Não era ele o único a lembrar-se de momentos passados. – Anda lá que eu trato de ti.

Subimos no elevador e eu perguntava-me porque é que o tinha convidado para subir. O que eu queria era manter aquele momento no restaurante em que os nossos olhos se tinham cruzado. Um momento terno de descoberta, mas receava que o nos tinha juntado, algumas noites de sexo, não nos deixasse mais nada a que nos pudéssemos agarrar. O jantar não tinha corrido mal, mas seria mais um encontro de amigos? Não me queria enganar e pensar que seria algo mais, mas tinha aquele momento gravado na minha mente.

Entramos no apartamento e ele sentou-se de imediato no sofá, como se estivesse demasiado cansado para se mexer. Eu pousei a minha mala e dirigi-me à cozinha, trazendo de lá o copo de água que me tinha pedido, além de um café para mim. Entreguei-lhe o copo e sentei-me ao seu lado apreciando o meu café. Ele sorriu-me enquanto me observava a beber.

- Quando volta o teu amigo? -, Perguntou, fazendo conversa.

- Se queres que te diga, já nem sei. Já era para ter chegado -, Respondi, esgotando esse assunto.

- Não te vai fazer confusão, voltares para casa? -, Perguntou, fazendo mais uma tentativa de iniciar conversa.

- Claro! Já me habituei a estar sozinha e a acordar mais tarde. -, Expliquei, não tendo qualquer vontade de falar sobre este assunto, embora não tivesse mais nenhum.

- Tens que arranjar um sítio aqui deste lado. -, Ele sugeriu como já uma vez tinha feito.

- Yap, tenho mesmo. -, Suspirei.

O Guilherme terminou a sua água e, eu, o meu café, a conversa já não dava para esticar muito mais e eu própria não queria falar. Já tínhamos passado tantos assuntos ao jantar que me sentia esgotada de tanto falar, embora o som da sua voz me deixasse completamente inebriada e até algo excitada.

- Estive a pensar naquilo que conversamos. -, Anunciei, deixando-o um pouco perdido e inclinou a cabeça inquisitoriamente. – Sobre os efeitos daquela cena. -, Clarifiquei e ele rolou os olhos.

- Já chega de falar sobre isso. -, Pediu em desespero.

- Ouve só uma coisa. -, Pedi. Olhou-me nos olhos com atenção e desdém ao mesmo tempo. – Eu acho que aquela cena só funciona se já existir alguma coisa que… atraia as pessoas. -, Delatei-me.

- O que estás a dizer? -, Perguntou confuso. – Que já sentíamos alguma coisa um pelo outro antes de bebermos aquela cena? -, Ficou atrapalhado. – Iris, aquilo dos beijos foi só uma brincadeira, a sério! -, Desculpou-se de imediato.

- Esquece, era só uma teoria parva. Estava a tentar fazer sentido disto tudo. -, Expliquei, descansado um pouco no facto de ele não ter entendido exactamente o que eu queria dizer.

- Se fosse assim, sempre que te cumprimento devia sentir-me atraído por ti. -, Elaborou cautelosamente.

Senti-me, novamente, mal com as suas palavras. Não sabia bem o que queria dizer, mas a mim soava a não sinto nada por ti a não ser quando bebo uma cena castanha e te fodo como se não houvesse amanhã. Quis desviar os olhos dos seus, mas o seu castanho imploravame para me manter ali. Fitámo-nos por um momento sem qualquer palavra ou reacção. Os seus olhos divergiram para os meus lábios por um segundo e eu entendi o que estaria a pensar. Rolei os olhos quanto à sua passividade, segurei-lhe a cara e beijei-o como já tinha feito no Mama Joana. Apenas um toque de menos de um segundo entre lábios.

- Pronto, vês, beijei-te e não sentiste nada! Tinhas razão. -, Anunciei de seguida num tom zangado. Provava que nada havia entre nós senão umas bebedeiras e umas noites de loucura, que seriam apenas isso, loucuras. Nada mais. Deixava-me triste provar isso mesmo, mas nada mais havia para fazer, se queria manter algum tipo de relação com o Guilherme era necessário fazê-lo esquecer aquilo que nos tinha juntado.

- Isso não é um beijo. -, Ele anunciou de forma séria.

A sua mão empurrou-me a nuca para si e os seus lábios juntaram-se novamente aos meus. Suavemente, beijamo-nos. A sua língua fez caminho até à minha enrolando-se numa massagem lenta. Passei a minha mão pela sua face enquanto ele se descolava da minha boca.

Novamente os nossos olhos se cruzaram e ambos estávamos surpresos com o nosso beijo.

- Isto é um beijo. -, Tornou a anunciar. – O que sentiste?

Sem lhe dar resposta colei-me aos seus lábios, impulsionando o meu corpo para mais perto do seu. Os seus braços circularam-me de imediato e os meus imitaram. Com toda a suavidade e lentidão envolvemos as nossas línguas uma na outra e mordiscamos nos nossos lábios com os mesmos. As nossas mãos passearam-se entre ombros e costas. Separei-me da sua boca puxando o seu lábio um pouco com os meus dentes. Abri os olhos e vi os seus a fitarem-me com desejo, mas não da forma que antes me tinham olhado. Era um olhar mais sereno e contido mas igualmente apaixonante.

Tomei-lhe a mão e puxei-o para que se levantasse e me seguisse para junto da cama. Ele não se negou ao movimento. Puxou-me e apertou-me contra o seu corpo quando estávamos perto. Voltou a beijar-me, segurando-me a cintura e eu estiquei os braços, abraçando o seu pescoço. As suas mãos deslizaram pelo meu tronco acima, levando o meu vestido atrás, como já tinha os braços esticados, não foi difícil para que ele se livrasse do tecido. Beijou-me o ombro, no local onde me tinha infligido uma mordidela, juntando a língua ao movimento. Deslizei as minhas mãos para baixo, segurando-lhe a t-shirt e puxando-a para cima. Ele ajudou-me a tirá-la, puxando-a pela gola. Beijei-lhe o peito, passando as minhas mãos gentilmente pelas suas costas magoadas. Nas pontas dos dedos senti as crostas ásperas que se formavam sob as feridas feitas pelas minhas unhas.

As suas mãos pousaram no meu soutien e tentaram abrir o mesmo mas não conseguiu encontrar o fecho. Afastei-o do seu abraço a rir e ele olhou-me em desagrado. Abri o soutien pela frente, fazendo-o entender que nunca iria conseguir abri-lo da forma usual. Ele riu-se da sua própria falta de jeito. Deslizou as alças pelos meus ombros, deixando-o cair, enquanto voltava a beijar-me. Livrei-me dos sapatos ficando mais pequena devido aos saltos, separamos os lábios devido à diferença de alturas. Ele próprio tirou os ténis e eu circulei o seu corpo, tocando a sua zona genital e beijando a pele do seu braço. Ele continuou a olhar-me com um sorriso maroto. Beijei-lhe as costas, lambendo alguns dos cortes que exibia e abrindo-lhe as calças ao mesmo tempo. Ele pousou uma das mãos sobre a minha conduzindo-me para dentro da roupa para sentir como já se encontrava excitado. Continuei a beijá-lo, massajando-o ao mesmo tempo. Ele despiu-se um pouco á pressa, procurando de imediato o meu corpo ainda na sua retaguarda.

Voltei a circula-lo e subi para a cama, esticando-me para ir buscar um preservativo. Ele esticou-se ao meu lado, beijando-me a lateral enquanto me puxava as cuecas para baixo. Mostrei-lhe o que trazia na mão, coloquei-o na sua mão com ar altivo, não haveria hipótese de se desviar desta situação. Os seus lábios torceram-se num sorriso e os seus dedos fecharam-se sobre o pequeno quadrado. Voltei a beijá-lo, segurando-lhe o pescoço e cobrindo a sua coxa com a minha perna. Ele rolou-me e soltou-se da minha boca, beijocando-me o pescoço e o peito, passando a língua furtivamente aqui e ali. Os seus lábios foram descendo pelas minhas costelas, causando-me arrepios de prazer. Enrolei os dedos nos seus cabelos negros quando ele chegou ao meu abdómen. Separei as pernas para que ele pudesse ter espaço. Senti a sua língua entrar em contacto com a viscosidade que já escorria de mim.

Gemi de prazer com a suavidade do seu toque e sustive a respiração enquanto o sentia a perscrutar toda a minha zona mais sensível. Conduzi-o com as mãos para o sítio onde sentia mais prazer, arqueando o meu corpo a cada toque. A sua língua parecia um pincel de um pintor inspirado que apenas se solta da tela para mudar o tom em que pintar.

Enrijeci o corpo ao sentir que iria atingir clímax, não queria parar de sentir o que ele me infligia. Não consegui conter-me por muito tempo e soltei-me, gritando alto e pressionando a sua cabeça de contra a minha pele. O Guilherme não parou por um segundo, enquanto me ouviu a gritar. O meu corpo aqueceu e relaxou e ele parou os seus movimentos naquela zona, subindo para se encontrar com a minha boca. Tinha o meu gosto acre e eu queria retirá-lo. Suguei-lhe a língua enquanto o seu corpo premia o meu contra o colchão. A minha pele já se colava na dele e sentia os meus cabelos a colarem-se nas costas.

Ajoelhou-se entre as minhas pernas, rasgando o quadrado que lhe havia dado antes e, eu, sorri-lhe em encorajamento. Segurou-me as coxas e puxou-me contra a sua pélvis, conduzindo-se para dentro de mim num repente. Enrolei as pernas à sua cintura impelindo-me para cima de forma a sentir a sua penetração. Ondulei-me de forma lenta apreciando todo o percurso que o seu membro desenhava dentro de mim. Esticou os braços na minha direcção com as mãos abertas, dei-lhe as mãos e ele deu-me um puxão, guinchei. Segurou-me as costas de seguida e no mesmo instante estava sentada sobre as suas coxas, continuando a impelir-me contra si vagarosamente. Enrolei os braços ao seu pescoço para não cair. As suas mãos deslizaram sobre a pele suada dos meus quadris, entrelaçando-se depois nas minhas costas. Juntamo-nos num beijo lento e molhado, soltando suspiros abafados e golfadas de ar pelas narinas. Lambi-lhe o pescoço, enquanto ele me beijava o ombro, soltando gemidos contidos. Ouvia a sua respiração a acelerar como um sussurro no meu ouvido. O nosso ritmo sincopado teimava em ser lento, como se nenhum dos dois quisesse que a sensação terminasse. Ele ajudou-me a juntar-me mais ao seu corpo, empurrando o meu traseiro para si.

As nossas bocas alternavam a sua procura incessante por ocupação entre os lábios e qualquer pedaço de pele onde desse para pousar. Sentia o gosto salgado do seu suor e o cheiro do seu perfume aumentava com a exalação do mesmo, inebriando o meu cérebro já débil. Começava a sentir o cheiro ácido do meu próprio suor e sentia a sua língua a apanhar cada gota que escorria pelo meu pescoço e face. Lentamente, pousou-me na cama, deitando-se sobre o meu corpo, sem nunca sair de dentro de mim. Manteve o ritmo lento, mas penetrava-me mais fundo nesta posição. Gemi com mais força, já sentindo a garganta a ficar rouca e seca. Apertei mais os seus quadris contra mim, sentindo-me cada vez mais próxima de rebentar. Olhei-o nos olhos e acenei, como para lhe dar a indicação que estaria perto, ele sorriu-me e investiu com mais vigor para dentro de mim, beijando-me no processo. Abracei-lhe as costas e ele segurou-se aos meus ombros, empurrando-me para baixo, quase como se quisesse fundir-se comigo. Soltei-me do seu beijo para suster a respiração e esperar pelo seu orgasmo. A sua expressão endureceu, como se estivesse com uma dor aguda e entendi que essa era a minha deixa. Soltei toda a minha energia reprimida ao mesmo tempo que ele soltava a sua descarga quente dentro de mim.

Gritámos em conjunto chocando um contra o outro como ondas desgovernadas. Olhamo-nos enquanto os nossos corpos tremiam e convulsionavam em prazer e isso aumentou todas as sensações que sentíamos.

O Guilherme segurou-me o queixo, beijando-me forma mais vigorosa, enquanto ainda se movimentava sobre mim. Eu não conseguia parar de sentir orgasmos atrás de orgasmos e ele parecia não conseguir parar de se impulsionar em mim, como se procurasse refugio no meu corpo. De novo a sua expressão endureceu e voltei a sentir o quente do seu líquido a encher o preservativo, a sua voz soltou-se de novo num urro de prazer tão alto que lhe feriu a garganta.

Cada músculo seu começou a desfalecer sobre o meu corpo já cansado. Os seus lábios, já sem força, percorreram o meu pescoço e procuram os meus e juntamo-nos num derradeiro beijo, antes de perdermos completamente as forças. Ele rolou para o lado a sorrir ofegante, virei a cara para observar o seu contentamento e os seus dedos passaram pela minha coxa, sorrindo-me. Rolei e abracei a sua cintura, pousando a minha cabeça sobre o seu peito. Senti um beijo nos meus cabelos e os seus braços envolveram-me. A nossa respiração ofegante acabou por acalmar e tornar-se mais profunda, anunciando o sono.

Capítulo 11

Acordei numa inspiração mais profunda. Não senti o toque da sua pele e isso preocupou-me, virei o pescoço para o procurar, não queria acreditar que apenas tinha sonhado toda a noite anterior. Continuava deitado do meu lado, descoberto e de costas voltadas para mim, exibindo as feridas que lhe tinha infligido antes. Estava encaracolado sobre si mesmo como um bebé. Sorri por o encontrar. Puxei uma manta que estava aos pés da cama e cobri-o. Ele sentiu o macio e quente da manta e na sua inconsciência aninhou-se, enrolando-se naquela sensação. Levantei-me sem o perturbar, ainda sentia o meu corpo peganhento do exercício da noite anterior. Entrei na casa de banho e tomei um duche, acordando totalmente com a água quente. Enrolei-me na toalha e sai da casa de banho a enxugar o cabelo. O Guilherme ainda dormia como se eu nunca tivesse feito barulho. Aproximei-me do sofá e acendi um cigarro enquanto pensava o que iria fazer durante o seu descanso e o que iria dizer quando acordasse.

Ouvi um barulho na porta de entrada e percebi de imediato o que seria, o dono da casa entrou encontrando-me de toalha com um ar de pânico estampado no rosto. Sorriu-me desconfiadamente.

- Luís, tinhas que chegar hoje? -, Sussurrei.

- Porque estamos a sussurrar? -, Perguntou-me de imediato, pousando a sua mala à entrada. Desviei os olhos para a cama e ele apercebeu-se da figura. – Tu estás a usar a minha casa para fazeres sexo? -, Perguntou num sussurro algo zangado, premi os lábios e encolhi os ombros. – Boa! -, Encorajou, fazendo-me rir.

- Desculpa, não sabia que vinhas hoje. Eu vou acordá-lo e vamos embora. -, Declarei.

- Ele é bom, ao menos? -, O Luís perguntou-me a sorrir, rolei os olhos com um sorriso maroto. – Ui! Já vi que sim. Ok, eu vou tomar o pequeno-almoço ali ao lado, dá-me um toque quando saíres. -, Pediu, virando-se para a porta de saída. – Ah! Demora o tempo que quiseres. -, Sussurrou antes de sair, fazendo-me ter de tapar a boca para não lançar uma gargalhada.

Apaguei o cigarro que não fumei até ao fim e dirigi-me à cama. Estiquei-me nas suas costas e beijei-lhe o ombro, tentando que acordasse, mas não houve qualquer reacção de início. Comecei a sussurrar o seu nome ao seu ouvido, tendo algum efeito. O seu corpo esticou e a sua respiração passou a ser mais superficial.

- Gui, acorda! Gui! -, Chamei docemente, beijocando-lhe o ombro e o antebraço. Senti o tremor do seu músculo em resposta à caricia. – Gui, acorda! -, Ele virou-se para cima, ainda com os olhos fechados. Fiz-lhe uma festa no cabelo, vendo os seus lábios esticarem num sorriso. – Gui, acorda. -, Voltei a sussurrar mais perto dos seus lábios. Ele impulsionou a boca percorrendo o caminho do meu hálito até à minha boca. Beijei-o a sorrir, percebendo que ele já se encontrava acordado. -, Bom dia!

- Bom dia! -, Ele respondeu ainda com a voz ensonada, abrindo os olhos finalmente. – Oh, é um presente para eu desembrulhar? -, Perguntou, começando a puxar lentamente a toalha na qual eu estava embrulhada.

- Não, pera! -, Parei-lhe o movimento. – Temos que ir embora. -, Indiquei-lhe, deixando-o confuso. – O dono da casa chegou. -, Anunciei.

- Ele tá ai? -, Perguntou levantando a cabeça e procurando pelo apartamento em algum pânico.

- Não! Foi lá abaixo comer qualquer coisa. -, Expliquei.

- Achas que demora? -, Perguntou, voltando a puxar a toalha.

- Não! Pára! -, Ri-me. – Trata de te levantar, temos que ir. -, Anunciei, levantando-me e procurando a minha roupa.

- Posso ajudar-te? -, Ele perguntou, juntando-se às minhas costas enquanto eu apertava o meu soutien. As suas mãos roçaram o tecido e os seus dedos procuraram o fecho.

- Não é preciso, obrigado. -, Ri-me, sentindo os seus lábios roçar no meu pescoço. – Veste-te mas é! -, Pedi.

Soltou-me, procurando a sua roupa. Vesti-me de forma mais prática, enfiando o vestido e os sapatos dentro da mala. Tentei arrumar a casa para não dar um aspecto pior à coisa. Deitei fora os vestígios de uma noite bem passada, ajeitando a cama e verificando se não me tinha esquecido de nenhuma das minhas coisas. Arrumei o que tinha trazido à pressa, dentro da minha mala, jogando-a para próximo da porta. O Guilherme já se encontrava composto e segurava a minha mala. Olhei uma última vez pela casa para ter a certeza que estava tudo nas melhores condições enquanto ele aguardava sinal para sairmos. Como prometido liguei, do elevador, ao Luís para que ele soubesse que a sua casa se encontrava livre de intrusos.

Descemos para a rua. O meu amigo encontrava-se no café ao lado e viu-me sair, olhei-o e recebi um piscar de olho e um polegar para cima. Ri-me para dentro.

- Queres boleia para casa? -, Ouvi o Guilherme a perguntar nas minhas costas, depois de ouvir o som da bagageira a fechar.

- Não. Fica muito longe para ti. -, Indiquei virando-me para ele. – Vou apanhar o metro e sigo de comboio. -, Expliquei.

- Entra aí! Eu levo-te a casa. -, Ele insistiu. Hesitei um pouco, mas acabei por entrar no carro.

- Leva-me até à estação que depois sigo para casa. -, Pedi. – A sério, não precisas de me levar.

- Podemos ao menos comer alguma coisa antes de ires? Estou esganado! -, Confessou.

- Ok, vamos comer. -, Assenti.

Seguimos caminho para um local onde pudéssemos comer. A nossa excitação um pelo outro parecia ter desaparecido com a abrupta interrupção da manhã. Ele apenas conduzia como antes sem me interpelar e eu também não sabia exactamente o que dizer. Ainda estava incrédula com toda a situação, não conseguia acreditar que uma fantasia se tivesse tornado realidade sem qualquer ajuda de alguma bebida. Encostei a cabeça ao acento observando os seus movimentos a conduzir. Tudo o que fazia parecia ser perfeito, mas isso era apenas o efeito da paixão. Ele apercebeu-se que estava a ser observado e riu-se. Não desviou os olhos do trânsito, mas largou a manete das mudanças por uns segundos, procurando um pouco de pele do meu lado. Passou os dedos pelo meu braço e o seu sorriso aumentou. Dei uma pequena risada como se estivesse a receber um código secreto.

O Guilherme parou o carro e saímos para o nosso pequeno-almoço, eu não fazia ideia de onde estaríamos pois não tinha tomado qualquer atenção ao caminho, estava demasiado embevecida na sua presença.

Sentamo-nos lado a lado e antes que eu pudesse sequer olhar para a ementa ele já pedia o que achavas ser a melhor refeição.

- Ah e traga também uma banheira de café bem forte! -, Pediu por fim, lembrando-se do nosso primeiro encontro. Ri-me silenciosamente. O empregado afastou-se e como estávamos na esplanada, eu acendi um cigarro. – Apaga isso. -, Pediu-me, deixando-me um pouco triste.

- É o único vício que tenho. -, Expliquei.

- Mas isso deixa-te um gosto horrível na boca. -, Queixou-se, como se me beijasse há muito tempo.

- Ontem não fumei. -, Lembrei-me.

- Porque achas que te beijei? -, Brincou, aproximando-se e deposltando um beijo na minha facc, enquanto descansava o braço nas costas da minha cadeira.

- Ah, essa parte não me tinhas dito. -, Brinquei. – Este tabaco não deixa quase sabor nenhum. -, Expliquei e ele fez uma careta. – A sério. -, Insisti, - Ora comprova. -, Virei-me para si e esperei que me beijasse. A sua cara aproximou-se da minha lentamente com um ar de asco e eu fiz cara zangada. Ele riu-se e juntamo-nos num beijo curto, mas apaixonado. Senti que ele tomava todo o gosto da minha língua com a sua. – Então? -, Perguntei quando se afastou.

- É horrível! -, Queixou-se numa careta, deixando-me ainda mais triste. – Desculpa, mas é mesmo mau. -, Apaguei o cigarro ainda inteiro no cinzeiro e recostei-me na cadeira, o Guilherme olhou-me de forma séria, penso que devo ter feito cara de amuada.

- Já nem me sabia bem. -, Comentei.

- O gosto do tabaco faz-me confusão. -, Explicou, passando as costas dos dedos pelo meu braço.

O meu café foi depositado à minha frente e apressei-me a tomar um gole do mesmo. Sorri ao perceber que o café era bom. Ele puxou-me o meu queixo para si e voltou a beijar-me, retrai um pouco a língua não querendo que sentisse novamente o gosto do cigarro, ele riu-se ainda colado à minha boca. Soltou-se e continuou a rir.

- Então, não disse que a tua boca é nojenta! Agora já sabes a café, não tem problema. -, Explicou.

- Ok, podemos parar de falar do gosto da minha boca? Eu beijei-te quando tinhas a língua a saber à minha … nhanha e não me queixei. -, Resmunguei em voz baixa.

- Tens razão. -, Ele admitiu. – Isso foi muito… sexy! -, Segredou-me ao ouvido.

Chamou-me com o dedo e pediu-me novamente um beijo. Aproximei-me e ele segurou-me de imediato o pescoço forçando-me a um beijo longo e calmo. Não resisti nem hesitei, combati e mordisquei a sua língua, soltando-me já ofegante da sua boca. Rimo-nos de nós próprios.

O empregado pousou o nosso pedido e começamos a comer rapidamente, estávamos os dois esfomeados. Ofereci um pouco da minha tosta para que ele pudesse provar e embora estivesse a comer exactamente a mesma coisa, aceitou, mordendo com alguma força o pão, ri-me. Ele ofereceu-me um pouco da dele e apenas nessa altura me apercebi que estávamos a comer a mesma coisa.

- Ahm… é o mesmo! -, Indiquei embaraçada, ele riu-se acenando.

- Então porque trincaste? -, Perguntei confusa.

- Estavas a oferecer. -, Brincou e eu ri-me da estupidez da situação.

- Olha quem está aqui? -, Ouvi alguém dizer e a voz soou-me familiar. – Iris, Guilherme!

Levantei a cabeça para ver quem seria e deparei-me com o Henrique e a Eunice a olhar-nos. Por momentos não sabia se deveria sentir pânico ou qualquer outra emoção pior. Entesei o meu corpo e parei de sorrir, lancei um olhar ao Guilherme, ele parecia estar calmo, mas a sua expressão tornou-se mais pesada e séria. O casal aproximou-se em sorrisos. Cumprimentei-os e ambos cumprimentaram o Guilherme, que se recostou na cadeira descontraidamente, retirando o seu braço das minhas costas e eu procurei de imediato um cigarro como fuga para o meu embaraço.

- Então, o que fazem aqui os dois? -, O Henrique perguntou, já tendo uma ideia da resposta que poderia ouvir, enquanto se acomodava à nossa mesa, mesmo sem ter sido convidado.

- Encontramo-nos aqui e estávamos a tomar o pequeno-almoço. -, O Guilherme explicou simplesmente.

- Estás um bocado longe da tua zona. -, O Henrique indicou sem se centrar em nenhum dos dois e por isso não sabíamos qual de nós devia responder.

- Vim agora da casa do Luís! -, Respondi, pela minha parte e pela cara da Eunice percebi que devia estar bem longe do sítio a que me referia.

- Que coincidência. -, O Henrique voltou a brincar.

O Guilherme terminou o seu comer e olhou as pessoas em volta como se esperasse que mais alguma coisa fosse dita. Ninguém ofereceu qualquer tipo de interpelação, apenas sorrisos de caso foram passados. Era parte da táctica do Henrique não dizer muito e esperar pacientemente pelas respostas que queria, já tinha sido vítima desse tipo de jogo e era desconcertante.

- Como foi o casamento? -, O Guilherme perguntou por fim, fazendo conversa de circunstância.

- Foi fixe. -, O Henrique respondeu, no mesmo tom.

- E a lua-de-mel?

- Também foi fixe! -, O Henrique voltou a responder secamente, olhando-me à procura de uma explicação.

Eu sentia-me como que num fogo cruzado, apaguei o meu cigarro e continuei a comer, tentando ignorar a conversa à minha volta.

- Onde foram? -, O Guilherme perguntou passado algum tempo.

- Caraíbas. -, A Eunice respondeu.

- É uma zona muito fixe. -, O Guilherme indicou e eu procurava um buraco para me enfiar, a tensão no ar já era palpável, além de já estar farta de ouvir a palavra fixe, dita de forma seca. - Bem, eu vou bazar. -, Ele anunciou. Despediu-se de mim com dois beijos na face. – Obrigado pela companhia. -, Agradeceu e rumou ao seu carro deixando-me entregue à minha sorte, com o meu colega de longa data e a esposa na minha peugada. Sorri nervosamente e o Henrique acenou a cabeça a rir.

- Vá, conta lá essa história melhor! -, Pediu-me.

- Não há nada para contar. Encontrei aqui o Guilherme e estávamos a tomar pequeno-almoço juntos. -, Repeti.

- Iris, a casa do Luís fica bem longe daqui, não faz sentido tu teres vindo de lá e teres parado aqui para comer. -, A Eunice indicou. – Tens o metro mesmo à porta do Luís, porque vieste para aqui? -, Eu não sabia responder.

- E onde é que está a tua mala? -, O Henrique perguntou, deixando-me ainda mais encalacrada. Olhei em volta como se a tivesse pousado algures não me lembrasse de onde, a verdade é que sabia bem onde a tinha deixado. – Estará na bagageira do Guilherme? -, Ele atirou.

- Ok, está! -, Acabei por responder, refugiando-me depois num novo cigarro. – Ele trouxe-me aqui. -, Confessei.

- Bem, isso evoluiu desde a despedida de solteira. -, A Eunice comentou.

- Não evoluiu nada. -, Indiquei, não querendo revelar demais. – Nós só estávamos a partilhar uma refeição, só isso.

- Claro, então o rapaz vem de para lá do sol-posto de propósito para pequeno-almoçar contigo, e não é nada de demais. -, O Henrique comentou de forma marota, parando depois para pensar. – Ou talvez não tenha vindo de propósito. -, Ruborizei enquanto exalava o fumo do meu cigarro. – Ele dormiu na casa do Luís? -, Perguntou.

- Não! -, Foi a minha primeira reacção, mas não havia nenhuma mentira credível que explicasse a minha mala estar na bagageira do seu carro, se eu tinha acabado de sair da casa do meu amigo. Além do que o Henrique já me conhecia bem demais para me apanhar em qualquer mentira. – Sim. -, Confessei. - Nós fomos ao Mama Joana e bebemos demais e eu fiquei com medo que ele tivesse um acidente e ele dormiu lá. -, Expliquei à pressa.

- Bem... Que boa amiga que tu és! -, A Eunice brincou.

- Mas o que é que vocês estão a fazer aqui? -, Apercebi-me.

- Viemos acertar umas contas do casamento -, A Eunice explicou.

Mudei o rumo da conversa para o casamento e o que se tinha passado na lua-de-mel de ambos, mas o meu pensamento estava no Guilherme e na forma como tinha reagido à chegada do casal. Perguntava-me se o seu receio seria de alguém saber que tínhamos passado a noite juntos. Não sabia se ele gostaria que alguém soubesse. De novo fiquei triste, as suas palavras tinham sempre sido de incredulidade para com os seus próprios sentimentos, seria que achava que outros teriam a mesma reacção. Possivelmente o nosso relacionamento iria ser algo secreto, algo só para nós. Não tinha a certeza se gostaria de estar nessa posição. Mas tinha a certeza que queria estar numa relação, mas não numa qualquer, numa relação com o Guilherme.

O Henrique levou-me a casa e durante a viagem tentei fazer sentido dos meus próprios pensamentos, não querendo acreditar que o Guilherme teria alguma vergonha ou receio que se soubesse que estávamos juntos. Admiti que apenas tinha sido apanhado de surpresa e essa era a razão pela qual ele teria reagido daquela forma fria.

Chegada a casa enviei-lhe uma mensagem com a indicação que a minha mala tinha ficado no seu carro. Esperei pacientemente que o telefone me indicasse que a mensagem teria sido entregue, visto que o seu telefone não estava bom. Recebi a confirmação e esperei que ele me respondesse, mas o silêncio do telefone pesou fortemente em mim.

Capítulo 12

Decidi divertir-me um pouco antes de iniciar a semana de trabalho. Tinha o peso de toda a indecisão nos meus ombros. Não sabia reagir a tudo o que se passava. Não sabia se era a minha timidez, ou a confusão de atitudes do Guilherme, mas nada parecia fazer sentido. Ainda não tinha tido nenhuma notícia do Guilherme o que me deixava ansiosa. Não sabia que eramos um segredo tão grande que nem os meus amigos mais íntimos podiam saber. Pouco havia que o Henrique e a Sara não soubessem sobre mim e não me parecia correcto esconder este novo aspecto da minha vida de ambos.

Voltei ao Mama Joana onde tinha estado com o Guilherme e onde sabia estar a Joana. Cheguei cedo para conseguir ainda falar um pouco com ela. Talvez ela me conseguisse ajudar no meu dilema. Assim que entrei ela fez-me sinal para me sentar. Trouxe bebidas e sentou-se comigo. Era óbvio que eu não estava muito bem-disposta.

- Então, o que se passa? Estás aqui a um Domingo e com essa fronha!

- Lembraste daquele rapaz que eu trouxe aqui no outro dia? -, Perguntei-lhe.

- Aquele giraço, sim. -, Ela relembrou. – Andas com ele?

- Não sei. – Confessei.

- Então? Vocês vieram falar com o Jorge. -, Ela lembrou-se.

- Ya. Aconteceram umas cenas estranhas entre nós depois de bebermos uma cena que o Jorge nos deu. -, Confessei.

- Que cena? Aquilo castanho? -, A Joana perguntou de forma desdenhosa, surpreendendo-me.

- Sim.

- Ai, aquele gajo e essa cena. Alnda me fecham a casa por causa disso -, A Joana queixou-se. – Ficaste maldisposta? Aquilo é um bocado forte.

- Não exactamente. Depois de beber aquilo eu e aquele rapaz ficamos a noite toda. -, Expliquei, não precisei de elaborar pois ela entendeu logo.

- Bem, isso é que é paixão! -, Brincou.

- Aquela cena levanta a libido como se fosse um concorde. -, Confessei.

- Iris, por favor! Aquilo é forte, não faz nada a não ser deixar-te completamente bêbada. -, A minha amiga corrigiu, deixando-me um bocado perdida.

- Não estou a brincar, Joana. -, Defendi-me. – Depois de beber aquilo, não fazes ideia do que aconteceu.

– Estou farta de beber daquilo e nunca senti nada ... sexual. -, A Joana contra argumentou. - Achas mesmo que uma bebida te fazia isso? És uma pessoa inteligente. Ele diz que aquilo é suposto ser afrodisíaco, mas não é mais do que absinto e licor. Dá uma pedra do caraças e mais nada. -, Refugiei-me na bebida que ela me tinha trazido absorvendo as suas palavras. Ela olhou-me tentando adivinhar os meus pensamentos, mas não oferecendo mais nenhuma consideração. – O Jorge passa a vida a tentar fazer passar-se por original, mas aquilo não é mais nada do que Chocolate Mystic, um cocktail muito antigo.

- O meu lado racional diz-me que não é possível que uma bebida nos faça querer estar um com o outro, mas o meu lado emocional diz-me que foi ele é que me procurou, mesmo sem me conhecer assim tão bem. -, Pensei em voz alta. – Já não percebo nada.

- Iris, deixa-me dizer-te o que vi das vezes que estiveste aqui com ele. Na noite da campanha, ele mirou-te assim que entrou e depois de umas quantas bebidas foi ter contigo e posso dizer-te que já estava alegre. Ele emborcou bem mais do que o outro que fazia anos. Quando o levaste daqui ele estava bêbado, pura e simplesmente. -, A Joana explicou e eu ouvi com toda a atenção, - Depois veio cá sozinho, uma miúda deu-lhe conversa e ele voltou a emborcar como um doido e quando saiu daqui já não ia em condições. Ah, e nessa noite ele saiu sozinho. -, Ela acrescentou num sorriso, mas eu já sabia disso.

- Eu sei, ele veio ter comigo. -, Relatei e ela piscou-me o olho.

- Quando vocês vieram aqui da última vez ele estava bastante nervoso, mas havias de ver a forma como te olhava quando estavas a falar com o Jorge. -, A Joana revelou, eu não tinha forma de o ver, visto que ele se tinha mantido nas minhas costas, sorri ao ouvi-la. – Olha, digo-te uma coisa, aquele gajo já te estava a fisgar há muito tempo. E tu tás bem derretida por ele, confessa.

- Tens razão, da minha parte, da dele não faço ideia. -, Suspirei. – Não o consigo ler. Não estava à procura de alguém mas agora que ele apareceu... Já não sei nada.

- Confia em mim, eu sei. -, Ela declarou simplesmente. – Percebi isso à distância. Cá para mim ele é tímido e apanhou uma bezana só para conseguir falar contigo.

- Fogo, sou assim tão intimidante? -, Atirei tristemente.

- Não sei como é a vossa relação fora daqui, mas acredita no que te digo, amiga.

Por momentos fiquei em silêncio a ponderar as suas palavras. Ela acabou por se desculpar e ausentar da mesa, tinha o seu trabalho para fazer. Deixei-me estar na mesa sozinha, bebendo e pensando. Respirei fundo enquanto a conversa anterior afundava no meu cérebro. Não teria havido mais nada senão uma bebedeira entre nós o que nos tinha levado a tentar estar juntos sem ajuda alcoólica e tinha sido maravilhoso. Ponderei se havia de lhe falar sobre esta conversa ou continuar a charada da cena verde.

A indecisão fez-me perder a pouca vontade que já tinha de me divertir. Sai do bar e voltei para casa, não conseguindo parar de me perguntar o que fazer.

A semana de trabalho voltou e isso trouxe-me mais tristeza. Camuflei-a com uma falsa alegria que fui treinando no caminho para a empresa. O meu telefone manteve-se silencioso. Continuei com os meus textos, não tão inspirados, evitando ter qualquer tipo de pensamento fora do âmbito de trabalho. De cada vez que sentia movimento por perto, sustinha a respiração a pensar que pudesse ser o Guilherme, mas ele não se aproximou o que foi bom e mau ao mesmo tempo. Acabei por deixar de fumar, pois sempre que acendia um cigarro lembrava-me dele a dizer que o meu gosto era nojento e isso entristecia-me. Era a única forma que tinha de aplacar a minha tristeza e já nem isso me sabia bem. Mas a tristeza provinha do facto de não o ter para me dizer coisas dessas novamente, nem para comprovar que agora já não tinha qualquer gosto nojento.

No final da semana o meu e-mail piscou, abri e não consegui conter um ar de espanto, o Guilherme estava a entrar em comunicação comigo.

"Podes chegar aqui, por favor?" -, Era a única frase escrita.

"A caminho!" -, Respondi.

Desloquei-me com alguma pressa até à sua mesa, não porque o quisesse ver, que queria, mas porque assumi que iríamos falar de trabalho e não queria demorá-lo, nem a mim.

- Diz! -, Pedi, assim que me aproximei.

- Só um bocadinho. -, Ele pediu-me, não tirando os olhos com computador. Colei-me à parede atrás de mim e esperei, estudando todos os seus movimentos como já tinha feito antes. Estava completamente embevecida, quando ele se virou. Esperou por uma reacção minha, mas os meus olhos estavam vidrados. Estalou os dedos em frente aos meus olhos. Pisquei e voltei à realidade, sorrindo falsamente. – Tás a dormir? -, Riu.

- Não tenho dormido muito. -, Indiquei, esfregando os olhos.

- Vem aqui um instantinho. -, Pediu-me e segui-o para a pequena copa. Ele fechou a porta e antes que me pudesse sequer sentar invadiu a minha boca. Enrolei de imediato os meus braços ao seu pescoço e retribui o seu beijo apaixonado. – Desculpa, não te ter dito nada. -, Pediu-me assim que nos soltamos. – Tem sido uma semana de loucos, temos uns novos cliente e tenho passado os dias em reuniões. -, Explicou e eu apenas acenei ainda zonza do seu beijo. Soltei-me do seu pescoço e sentei-me. Ele tomou a cadeira à minha frente. – Eu vi a tua mensagem, reparei logo que cheguei a casa. Não quis trazer aquilo para aqui, porque ainda o pessoal vê e depois é estranho. -, Acenei mecanicamente. – O Henrique disse alguma coisa?

- Não, ficamos a falar da lua-de-mel deles. -, Expliquei um pouco triste.

- O que foi? -,Perguntou, preocupado.

- Nada! -, Encolhi os ombros. Ele tomou a minha mão.

- Ficaste triste por eu não ter dito nada. Desculpa! -, Voltou a pedir.

- Não tem problema. Podias trazer a minha mala amanhã? Podemos encontramo-nos no final do dia e entregas-ma. -, Sugeri.

- Claro e podemos ir beber um copo antes de ires. -, Sugeriu a sorrir.

- Sim, podemos. -, Concordei ainda um pouco triste, mesmo tendo-o a falar comigo novamente, sentia-me ainda ferida por me ter deixado tanto tempo sem comunicação. Não sabia como reagir a isso.

- O que se passa? -, O Guilherme voltou a perguntar, preocupado.

- Nada, só estou cansada, também tem sido complicado. -, Expliquei, não querendo começar o meu assunto naquele momento.

- Reparei que nem tens ido lá fora fumar, nem sais à hora do almoço, tens estado assim tão ocupada? -, Perguntou, deixando-me um pouco mais contente por ter sentido a minha ausência.

- Sim. -, Respondi, deixando-o com uma pergunta nos olhos. – Mas também não me tens visto lá em fora porque não tenho estado a fumar. -, Esclareci e o seu sorriso alargou-se em felicidade e orgulho.

- Amanhã, espera-me naquele sítio que eu vou ter contigo. -, Indicou-me, voltando a depositar um beijo nos meus lábios. – Até amanhã.

Saímos os dois da copa, mas um para cada lado, não olhei para trás, para que não houvesse qualquer suspeição por parte dos colegas do que estaríamos a falar. Para todos os efeitos estávamos a falar com assuntos de trabalho e por isso concluído o assunto podíamos seguir com as nossas funções.

Voltei à minha secretária, completamente confusa com a situação. Uma semana sem qualquer tipo de comunicação e de repente sou assaltada por beijos e sorrisos como se nada se tivesse passado. O que esperava o Guilherme de mim? As suas acções não pareciam fazer qualquer sentido.

À hora marcada encontrava-me à sua espera e desesperava por um cigarro de tão nervosa que me encontrava. Encostei-me à parede e respirei fundo, olhando para o relógio a cada cinco segundos. Tinha o peito apertado, por um lado estava ansiosa por o ver novamente, mas por outro sentia alguma interferência neste nosso relacionamento. Continuava a dizer-me que era apenas ansiedade de quem não tem muita experiência nestas coisas, mas por outro lado as palavras da Joana não me saíam da cabeça. Continuava com a minha dúvida se devia ou não comentar-lhe esta conversa.

- Olá! -, Ele cumprimentou-me, enquanto eu pensava. Sorri-lhe sobressaltada. – Vamos. -, Indicou-me. Segui-o para o seu carro.

- Olha, eu estou muito cansada, podias só dar-me a minha mala, eu queria mesmo ir para casa. -, Anunciei assim que começamos à andar, percebendo de imediato que ele tinha ficado desiludido.

- Então?

- A sério, não estou com cabeça para ir a lado nenhum. -, Queixei-me, entrando no seu carro, para que ninguém nos visse na rua a conversar.

- Então levo-te a casa. -, Ele anunciou, assim que fechamos as portas.

- Não é preciso. -, Insisti.

- Diz-me para onde tenho que ir. -, Pediu-me e suspirei não querendo indicar-lhe. – Vá diz-me lá! -, Insistiu, a sorrir, assim que ligou o carro.

Acabei por lhe fornecer as indicações. Seguimos viagem comigo calada sobre qualquer outro assunto que não fosse indicações. O Guilherme percebeu a minha tensão. Pousou a sua mão na minha perna por um momento, sorrindo e desviou a atenção da condução por uns segundos para ver a minha reacção, sorri de volta, mas foi um sorriso amarelo.

- O que se passa? Estás muito calada. -, Acabou por perguntar.

- Estou mesmo cansada. Foi uma semana complicada. -, Indiquei novamente, tentando fugir à pergunta.

- Tem sido caótico. -, Ele voltou a relatar. – Então deixaste de fumar? -, Lembrou-se.

- Não exactamente, só tenho reduzido. -, Expliquei.

- Percebi quando te beijei que não tinhas o gosto do tabaco e também não cheiravas. -, Admitiu. – Gosto mais assim. Está a ser difícil?

- Um bocado. -, Encolhi os braços.

- Achas que vais conseguir deixar por completo? -, Perguntou com bastante entusiasmo.

- Não sei, já deixei umas vezes e depois acabo por voltar, por isso não prometo nada. -, Expliquei serenamente.

- Eu espero que deixes. Só te faz é bem! -, Declarou num tom condescendente que não me agradou inteiramente.

- Eu sei, logo se vê! -, Suspirei, não sendo exactamente o que gostaria de dizer.

- Acho que já estou a perceber porque estás assim tão calada e tristonha. -, Indicou e eu esperei pela sua teoria. – Estás a ressacar. -, Ri-me contidamente, acenando.

Chegamos ao meu prédio e fiquei sem saber o que fazer. Deveria convidá-lo a entrar ou apenas me despedir. O Guilherme estacionou o carro com algum cuidado e percebi que se estava a preparar para ficar algum tempo, não era sua intenção apenas me deixar sair. Sorri-lhe e sai da viatura, ele seguiu-me de imediato e retirou a minha mala da bagageira, carregando-a até à minha porta. Entrou e eu recebi e pousei a mesma à entrada, enquanto ele absorvia o sítio.

- Moras aqui? -, Perguntou.

- Não, entrei na casa da vizinha só para te enganar. -, Comentei ironicamente.

- Não tem nada que ver contigo. -, Clarificou.

- Casa dos pais! Não tenho grande voz na matéria! -, Expliquei.

- E onde fica o teu canto? -, Perguntou, colocando a sua mão na barra das minhas calças e puxando-me para si.

- Numa das portas atrás de ti. -, Ri-me, mantendo os braços em baixo, quando seria de esperar que o abraçasse.

Ele olhou para trás e estudou as portas fechadas, olhou-me e sorriu como se estudasse a minha expressão, esperava que eu traísse a porta correcta.

- Acho que vou escolher a porta número 2! -, Declarou, apontando para a mesma.

- E o que temos para o nosso concorrente? -, Falei como se fosse um apresentador de programas de tv, indicando-lhe com braço que podia olhar lá para dentro.

Soltou-se das minhas calças e abriu a porta, ficando na dúvida se se teria enganado. Espreitou ainda durante um pouco.

- Bonecos! Livros! Parece-me bem! -, Acabou por dizer, sorrindo. Percebi que se referia aquilo que mais conhecia em mim. Metade do meu guarda-roupa continha imagens de bonecos animados e o meu trabalho fazia-me ter que ler bastante para puder escrever. Entrou no quarto, observando melhor o sítio. – Não era exactamente o que eu pensava, mas está dentro do tipo.

- Ok, tiraste tempo para pensar como seria o meu quarto? -, Perguntei-lhe, entrando também eu.

- Estava a pensar nisso quando vinha para aqui. -, Confessou.

Sentou-se no banco que se encontrava ao fundo do quarto e eu fechei a porta e tomei o meu lugar na cama de solteiro que se estendia aos seus pés.

- Já percebi porque dormes quietinha num cantinho. -, Comentou, fazendo-me corar. – Não estás habituada a ter muito espaço. -, Riu-se.

Fitei o chão por um momento e fiquei pensativa, deixando de lhe prestar atenção. O Guilherme ajoelhou-se à minha frente, procurando o meu rosto virado para baixo. Sorri assim que o vi naquela posição.

- Em que pensas? -, Perguntou.

- Estava a pensar numa pergunta.

- Pergunta! -, Pediu, sentando-se ao meu lado.

- Não sei se deva! -, Ele inclinou a cabeça inquisidoramente. -, Tenho receio da resposta. -, Expliquei enroscando os meus braços no meu tronco como se tivesse frio.

- Pergunta. -, Ele ordenou docemente.

- Gostaste mais com ou sem cena castanha? -, Perguntei, passando as costas da mão pela sua face. Ele sorriu perante a pergunta.

- Não me lembro bem de quando estávamos mocados. -, Explicou. – Sei que foi intenso e … violento. – Tentou recordar. – Mas da última vez lembro-me de tudo. -, A sua mão pousou na minha face, levantando o meu queixo com o polegar. – Lembro-me bem de tudo o que senti, de tudo o que tu sentiste. -, Os seus lábios colaram-se aos meus. – Gostei do que senti. -, Admitiu colando a sua testa à minha. – Conversamos durante o jantar, foi interessante conhecer-te melhor e depois... Acordámos juntos. -, Suspirou mostrando todo o seu agrado. - E tu? -, Perguntou num sorriso maroto. Bati as pestanas.

- Foi diferente. -, Apenas respondi.

- Só isso? -, Perguntou como se estivesse ofendido, sentando-se direito.

- Foi bom, mas foi diferente de quando estávamos sob o efeito daquela cena. Acho que aquilo intensifica mais as coisas. -, Expliquei.

- Tás a dizer que preferias ter bebido aquilo? -, Perguntou um pouco zangado.

- Não! Nada disso. Não devia ter dito nada! -, Desabafei.

- Se calhar temos que tentar novamente para perceber. -, Sugeriu sorrindo-me e eu lancei-lhe um olhar desconfiado, levantando o canto do lábio.

A sua mão voltou a encaminhar a minha boca à sua. Beijamo-nos avidamente e ele passou a sua mão pelo meu corpo, procurando o centro das minhas pernas. Imitei o seu gesto, deslizando a minha mão sobre a sua braguilha. Massajamo-nos simultaneamente enquanto nos beijávamos com determinação. Levantei-me e comecei a retirar a minha roupa. O Guilherme observou o espectáculo, beijocando os pedaços de pele que exibia. Beijou-me a barriga e o peito e assim que tirei as calças deslizou a mão no centro das minhas pernas. Sorriu-me ao sentir a humidade.

- Já? -, Perguntou em tom gozão.

- É o efeito que provocas em mim. -, Sussurrei.

Subi para a cama e deitei-me, exibindo as minhas costas. Olhei-o com o convite nos olhos. Ele levantou-se e removeu a sua roupa à pressa. Beijou-me as nádegas, subindo depois para as costas e terminando nos ombros. Cobriu o meu corpo com o seu e beijou-me o pescoço. Eu já arfava em delírio. Ele olhou para cima e reparou num detalhe interessante na cabeceira da minha cama. Entrelaçadas no efeito do metal, estava um par de algemas com plumagem vermelha. Riu-se o que me fez seguir os seus olhos para perceber onde estava a graça.

- O que é aquilo? -, Perguntou, sabendo exactamente de que objecto se tratava.

- Foi a prenda que me saiu na troca dc Natal decadente, que tu organizaste! -, Expliquei. – Foi o Teixeira que comprou, acho eu.

- O Teixeira é um visionário, sempre a pensar no futuro. -, Beijou-me mais um pouco o ombro, passando as mãos pelos meus braços flectidos. – Sempre a antecipar situações de potencial sucesso. -, Elaborou, continuando a beijocar-me. Começou a esticar os meus braços na direcção das algemas.

- Não, Gui. Pára! -, Pedi, mas ele não me obedeceu e a sua força era maior que a minha. Num instante eu já estava presa nas algemas, como se fosse sua prisioneira. Os seus beijos subiram o meu braço até ao pulso, enquanto eu me concentrava em tentar ficar zangada. – Agora seria uma péssima altura para te dizer que perdi as chaves disto. -, Comentei. Ele olhou-me de imediato com algum receio, tentando perceber se eu estaria a brincar ou não. Mantive-me séria o que lhe estava a dificultar o estudo. – Estão na gaveta. -, Acabei por o sossegar. Ele sorriu-me zangado. – Também lá estão os preservativos. -, Abriu a gaveta e retirou de lá um, olhando o conteúdo da mesma com atenção.

- Tu tens um stock interminável desta merda! -, Comentou espantado, com a quantidade.

- Trabalhei com uma associação de apoio aos doentes com SIDA, eles pagam em preservativos! -, Gozei.

Penetrou depois a minha boca com a sua língua. Na minha posição não me era possível corresponder completamente ao seu beijo.

O seu beijo desceu novamente para o meu ombro, enquanto as suas mãos passaram as minhas costelas em revista. Afundei a minha cara na almofada, apreciando os seus beijos como dádivas. Os seus joelhos separaram as minhas pernas e por momentos deixei de sentir qualquer toque, entendi pelo som de rasgar o que estaria a fazer. A sua mão percorreu as minhas costas no sentido descendente, segurando-me depois o quadril e mantendo-me imóvel para que se pudesse conduzir para dentro de mim. Gemi para a fronha ao senti-lo. Ele iniciou a sua movimentação com alguma força. Não lhe era possível ter contacto com o meu corpo de forma mais abrangente, apenas me beijava as costas e lambia a espinha, o que me deixava louca, queria senti-lo totalmente. Contorci me sob os seus toques, deixando-me conduzir pelas suas mãos que se mantinham nos meus quadris. Não era suficiente para mim. Segurei-me à cabeceira da cama e puxei-me para cima, retirando-o de dentro de mim.

- Então? -, Resmungou devido à interrupção do seu prazer. Encolhi as pernas e virei-me num salto, levantando as pernas para as pousar uma de cada lado.

Ele segurou-me os tornozelos e olhou em espanto e de forma marota ao mesmo tempo.

Beijou-me os tornozelos, deslizando as mãos pelo interior das minhas pernas abaixo, separando-as, e gatinhou para chegar à minha boca. Segurou-me a cara e recebi o seu beijo com um sorriso. Estiquei a língua para fora para lutar com a dele, assim que ele se afastou um pouco, pois não tinha forma de o segurar.

- Beija-me mais. -, Choraminguei, querendo mais.

- Onde? -, Ele sussurrou.

- Na boca. -, Sussurrei.

Ele voltou a ocupar-se da minha boca, num beijo intenso e acelerado. Enrolei as minhas pernas à volta da sua cintura, tentando puxá-lo para mim, mas ele não se mexeu.

- E agora? -, Perguntou com os seus lábios quase colados aos meus. Sentia o seu hálito doce a lamber-me a pele.

- No pescoço. -, Pedi. Ele lambeu uma extensão de pele e beijocou-me o pescoço de ambos os lados. – Morde-me! -, Pedi em delírio. Senti de imediato os seus dentes a puxar gentilmente a minha pele. Mudou de local mas repetiu a mordidela com todo o cuidado, possivelmente consciente das lesões que já me tinha infligido antes. – Quero tocar-te. -, Queixei-me, não me contentando em roçar as pernas nas suas coxas.

- Shhhh! -, Silenciou-me. – Onde? -, Voltou a perguntar.

- Peito. -, Pedi e ele segurou o meu mamilo com a sua boca, sugando como um bebé, gemi, afundando a minha cabeça na almofada e sentindo todo o meu corpo a chamar pelo seu. – Quero-te dentro de mim. -, Pedi, quase num grito.

Soltou o meu mamilo e endireitou-se para conseguir conduzir-se de novo para dentro de mim. Ajeitou-me as pernas para se colocar uma posição mais eficaz. Senti a sua extensão penetrar o meu corpo de forma lenta e cuidada. A sua pele foi cobrindo a minha, pedaço a pedaço, e à medida que via a sua cara aproximar-se da minha erigi o pescoço para lhe chegar aos lábios, mas ele afastou-se, sorrindo de forma marota. Deixei cair a cabeça já em esforço. Tentei enrolar as pernas novamente à sua cintura para o impulsionar mais para mim, mas as suas mãos desenrolaram-mas de imediato. Ele comandava toda a acção. Manteve a cara suficientemente perto da minha, mas longe o suficiente para que não o conseguisse beijar.

Tentei lambê-lo, esticando a minha língua o máximo, mas nem assim o conseguia alcançar. O seu ritmo foi aumentando e o meu prazer foi ficando cada vez mais intenso, especialmente devido ao facto de não o conseguir tocar.

- Mais forte! -, Gemi, segurando-me à cabeceira da cama e forçando o seu corpo a pousar cada vez mais no meu.

Ele obedeceu ao comando, aumentando a força das suas investidas. Gritei de prazer, Afundando-me cada vez mais na almofada. Olhei-o e pedi-lhe com os olhos um beijo, mas ele não mo deu. Sorria-me, por entre o seu próprio delírio prazeroso.

- Mais fundo! -, Gritei, sentido o braseiro que anunciava o meu orgasmo a queimar-me. Travei-o, enquanto era balançada pelos seus movimentos cada vez mais fortes e rápidos. Sustive a respiração, esperando por uma indicação sua, mas cada segundo era uma eternidade. – Não aguento! -, Voltei a gritar enquanto me soltava por completo.

O Guilherme não parou de se movimentar aumentando ainda mais o meu clímax, finquei de forma mais forte os meus calcanhares na cama e sentia tudo num só momento. O meu corpo estremecia com excesso de orgasmos, mas ele não parava de me penetrar. A sua mão virou-me a cara para si mostrando-me a sua expressão de prazer ao vir-se finalmente numa explosão de movimentos desgovernados e ainda mais rápidos. Observei todo o seu orgasmo sorrindo, embrulhada no meu próprio prazer.

Desfaleceu finalmente sobre o meu corpo e eu puxei as algemas, como se fosse capaz de as rebentar, queria abraçá-lo e beijá-lo. Os nossos corações pareciam querer-se encontrar a meio do caminho batendo em uníssono, exaustos. As suas mãos percorreram a minha lateral subindo pelos braços, enquanto a sua cabeça continuava afundada na almofada ao lado do meu ouvido. Estiquei-me e consegui tocar-lhe no ombro com a ponta da minha língua. Ergueu a cabeça e olhou-me, tentei de imediato beijá-lo, mas de novo ele não me permitiu.

A sua cara ficou perto da minha e consegui roçar os meus lábios na sua face e lamber-lhe o canto da boca. Ele esticou-se sobre o meu corpo, procurando as chaves das algemas. Lentamente, e com os seus músculos trémulos, abriu as mesmas. Livres, as minhas mãos procuraram de imediato a sua cara, segurei-o e beijei-o violentamente. A minha língua violou a sua boca, não tendo consideração pela sua. O seu cansaço era extremo e deixou-se usar. Esquecendo-se que estava numa cama de solteiro rolou para o lado, comigo num abraço. Os dois caímos da cama, com ele a aparar todo o trambolhão.

- Estás bem? -, Perguntei de imediato.

- Au! -, O Guilherme apenas disse, acho que estava cansado demais para sentir dor. Deitada sobre o seu corpo continuei a beijá-lo, na boca e no pescoço e ombros. Estava a compensar pelo tempo que não tinha conseguido tocar-lhe e sentir o gosto da sua pele. – Iris tem calma. -, Pediu-me a rir. Olhei-o a sorrir timidamente, tentando desculpar-me com os olhos.

- Queres levantar-te? -, Perguntei e ele apenas abanou a cabeça em cansaço. Sentia os seus músculos ainda a estalar do esforço anterior.

Puxei o édredon da cama para cima de nós para que não arrefecêssemos. Ele puxou-o sobre as nossas cabeças, como se estivéssemos no nosso casulo privado. Voltei a beijá-lo, mas de forma suave, primeiro tocando apenas os seus lábios e depois infiltrando a minha língua para encontrar a sua à espera. Os seus braços circularam as minhas costas e apertaram-me contra si. Deitei a minha cabeça no seu ombro, descansando com ele.

- Digno de cena castanha? -, O Guilherme perguntou com o riso na voz.

- Bem melhor! -, Suspirei.

- Ok, já percebi, não gostas de calminhas. -, Riu-se. - Como vês, não foi preciso nenhuma cena castanha para intensificar. -, Clarificou.

- Queria dizer-te uma coisa sobre isso. -, Anunciei, decidindo contar-lhe o que me tinha sido relatado.

- Sobre o quê? -, Perguntou, confuso.

- Anda, vamos levantar-nos, quero conversar contigo e é melhor comermos alguma coisa, depois desde exercício. -, Indiquei, levantando-me. Ele ficou desconfiado, olhando-me de lado.

Levantei-me e enfiei a minha camisa de noite cor de salmão, saindo do quarto. Pouco tempo depois apercebi-me que ele entrava na cozinha onde eu procurava algo no frigorífico para aquecer. Sentou-se numa das cadeiras, observando-me ainda desconfiado. Olhei-o vendo que apenas tinha vestido as calças. Coloquei um tupperware de massa com queijo no micro-ondas e aproximei-me. Os seus braços circularam de imediato a minha cintura e os seus olhos pousaram nos meus à procura de respostas. Engoli em seco.

- Eu fui ao Mama Joana, no fim-de-semana passado. -, Expliquei, verificando que a sua expressão estava a mudar para receio. – Estive a falar com a minha amiga que trabalha lá. -, Continuei, ele acenou mecanicamente e o micro-ondas soou. Tentei deslocar-me, mas o seu aperto não me deixou. Desenrolei as suas mãos da minha cintura e trouxe o tupperware para a mesa, juntamente com dois garfos. Sentei-me à sua frente demonstrando que podia comer. Ele segurou o garfo, mas não teve qualquer outro movimento, esperando que eu continuasse o meu discurso. – Estivemos a falar da cena castanha que bebemos e do que nos aconteceu. Quer dizer, não lhe contei exactamente o que aconteceu, mas falei-lhe em traços gerais. -, Expliquei, depenicando a massa. – Ela disse-me que aquilo... o que bebemos... não faz nada. -, Anunciei. O Guilherme olhou-me profundamente.

- Como assim?

- Ela já bebeu aquilo um monte de vezes e nunca lhe aconteceu nada para além de uma forte bebedeira. -, Clarifiquei.

- Mas... -, Gaguejou.

- Ela diz que na primeira noite tu te fartaste de beber e que quando saímos estavas completamente bêbado. -, Expliquei a medo, ele baixou os olhos e pela primeira vez retirou um pouco de comida, mastigando devagar, como se isso o ajudasse a pensar. – Eu também tinha bebido bastante, estava bem alegre. -, Conclui, esperando alguma reacção sua.

- Mas depois dessa noite... -, Ele tentou perceber.

- No dia em que apareceste lá em casa do meu amigo, ela também estava lá e disse que não estavas totalmente bêbado, mas para lá caminhavas. -, Indiquei-lhe, dando-lhe algum tempo para digerir as minhas palavras.

Por momentos apenas depenicamos a massa e comemos de forma vagarosa, como pretexto para não falarmos um com o outro. Não sabia se tinha feito a escolha certa ao contar-lhe tudo isto, mas achava que não seria certo mantê-lo na obscuridade, queria ser honesta no que fazia.

– Então... porque me perguntaste se tinha gostado mais com ou sem aquela cena? -, Perguntou ao fim de bastante tempo de silêncio. - Estás a testar-me? Não percebo onde queres chegar, porque me contaste isto? -, O Guilherme perguntou um pouco zangado.

- Só queria perceber se isto agora é real, ou se nos estamos a enganar com uma mentira. -, Expliquei.

- Mentira? -, Perguntou fixando-me zangado. – Iris, não estou a perceber onde queres chegar!

- Não sei. Guilherme, tu nunca sequer tinhas olhado para mim duas vezes seguidas e de repente estás a chamar-me numa discoteca e a pedir-me beijos na boca e a violar-me. No bom sentido. O que queres que pense, que culpe tudo numa bebida supostamente afrodisíaca?

Vamos ser inteligentes, não é possível que uma bebida tenha o efeito que lhe estávamos a atribuir. Isso só acontece se acreditarmos mesmo muito nisso, é o poder da mente. Acho que somos pessoas racionais e que depois de algum tempo a pensar percebemos que era uma teoria ridícula. -, Expliquei em desespero.

- Pensa o que quiseres. -, Ele apenas indicou, levantando-se e saindo da cozinha. Segui-o de volta para o meu quarto. Vestia a sua t-shirt quando cheguei, percebi que estaria a preparar-se para sair.

- Pera, Guilherme. -, Pedi-lhe. – Não fiques zangado. Eu não tenho muita experiencia nestas coisas de relações e queria ser honesta.

- Iris, não te percebo. Porque não me disseste isto antes? Só agora é que decidiste ser honesta? -, Perguntou.

- Querias te me mandasse um mail a falar disto? -, Perguntei perdida.

- Fizemos uma viagem em conjunto e não te lembraste de contar, fazemos amor e só depois é que te lembras que queres ter a certeza que não nos estamos a enganar. -, Ele declarou, já bastante zangado. – O teu timing é excelente.

- Guilherme desculpa. Eu só queria que soubesses tudo. -, Tentei explicar. – Queria perceber o que pensas disto.

- Acho que já te disse o que pensava sobre o assunto. Tu mesma ficaste zangada quando eu sugeri que não era possível termos estado juntos sem estarmos bêbados e agora estás a dizer-me que foi isso mesmo que aconteceu. O que queres tu que eu pense? Neste momento nem sei o que pensar. -, Pausou apenas para procurar os seus ténis. - Deixa dizer-te o que sei. Se o que dizes está certo, tu manipulaste-me, tu usaste-me. Aproveitaste o facto de eu estar bêbado e saltaste-me para cima. -, Esclareceu.

- Não fui eu que fui bater à minha porta a meio da noite, nem quem deixou cair o telefone na banheira porque estava com os calores. -, Indiquei já furiosa e ofendida com as suas palavras.

- Tu é que me ligaste. Só fiz isso porque pensei que sentisses alguma coisa por mim. -, Admitiu.

- Não tivemos já esta conversa? -, Perguntei, relembrando que ele me tinha indicado que não sentia atracção por mim e passados minutos fazíamos amor.

- Sim, muito habilmente conduzida por ti. -, Ele indicou, apontando-me o dedo. Engoli em seco e olhei-o desafiante. – És mesmo boa no trabalho que fazes. As palavras são o teu forte. -, Falou ofendendo-me mais.

- Sai da minha casa. -, Pedi num tom de voz nivelado, mas com as palavras a ferver-me na garganta.

- Já estava de saída. -, Ele indicou, saindo porta fora.

Não aguentei a minha raiva e gritei, para dentro da minha almofada, até que toda a minha caixa torácica me doesse. Tinha tornado a decisão errada ou não deveria ter falado da forma correcta. Não sabia bem qual tinha sido o seu problema, mas as suas palavras estavam bem cravadas no meu cérebro como uma queimadura profunda.

Revirei-me na cama e senti o seu cheiro nos meus lençóis, arranquei-os do colchão e atirei-os para ao chão, deitando-me e chorando.

Capítulo 13

Fui sair no sábado, precisava libertar alguma tensão, acabei no Mama Joana onde tudo se tinha desenrolado. Talvez não fosse a melhor escolha, mas não tinha outra. O Luís acompanhou-me e fez-me dançar até eu já não aguentar mais, mesmo que não soubesse propriamente o que estava a fazer. Na sua mente cansar-me era a melhor maneira de não pensar no Guilherme e toda a situação em me tinha embrulhado, mas o facto de estar no mesmo sítio onde tudo havia começado, apenas me avivava as minhas memórias. Cada canto que olhava via vividamente o Guilherme e os seus lábios num sorriso maroto a convidar-me para um beijo curto mas doce.

Eu tinha bastante energia para ventilar mas acabei por me encostar a uma parede agarrada ao meu tronco com a vulgar dor de burro. Nem mesmo a dor parecia acalmar a minha mente. Não procurava estar com ninguém e ao entregar-me a uma pessoa tinha acabado ferida e ofendida. Era o que mais receava, não queria distracções e ali estava eu a beber para esquecer a distracção que era o Guilherme. Como eu receava há tempo que não conseguia concentrar-me no trabalho e no momento não conseguia ter qualquer ideia coerente que não envolvesse o Guilherme.

Bebi como uma esponja a tentar apagar qualquer vestígio da conversa que tinha tido no dia anterior e todos os episódios anteriores. Tanto o Luís como a Joana tentaram que eu parasse mas não conseguia, queria afogar o meu cérebro até não saber o meu próprio nome, queria beber até não me lembrar que tinha perdido algo que nem procurava. Devia ter-se mantido assim, obscuro.

- O que raio se passa com a Iris? -, A Joana acabou por perguntar ao observar o meu comportamento, deixava que qualquer rapaz metesse conversa comigo e dançava com qualquer um que se aproximasse, algo totalmente estranho à minha personalidade.

- Não sei exactamente, ela só me ligou a dizer que queria sair um pouco. -, O Luís explicou. – Algo me diz que tem a ver com o rapaz que encontrei na minha cama. -, A Joana riu-se, mas continuava preocupada comigo.

- Devias levá-la para casa. -, Aconselhou.

- Achas que já não tentei? Estava a ver se a cansava, mas ela está demasiado eléctrica. -, Ele queixou-se. – Não te preocupes, estou de olho nela. Não vou deixar que faça nenhuma estupidez.

- Vigia-a bem, nunca a vi assim.

Amaldiçoei o dia em que o Guilherme me chamou naquela discoteca. Amaldiçoei a viagem de comboio onde lhe descrevi o nascer do sol. Desdenhei dos seus beijos e dos seus toques, como se me dessem asco, mas o sentimento era exactamente o oposto.

Acabei por sair do bar já com alguma dificuldade em andar. Era suposto sair com o Luís e ficar na sua casa, mas aproveitei a sua ida à casa de banho e escapuli, apanhando um táxi. Ao ser questionada pela morada para onde ir, forneci a primeira que me veio à cabeça e olhei pela janela a ver a noite a terminar. Já era muito tarde, os bares estavam a fechar e as pessoas voltavam para os seus carros. Ainda era noite, não havia qualquer luz para além dos postes de iluminação que me impediam de ver o céu estrelado por detrás. Apenas via o manto negro com pintas amareladas ofuscantes que me torvavam ainda mais a visão. Não havia nada para descrever e não havia palavras na minha mente para descrever sequer a falta de algo para descrever. Já não me lembrava para onde ia, nem o que fazia e era exactamente nesse estado que queria estar, mesmo que não estivesse feliz.

O táxi parou e eu paguei, saindo, sem sequer perceber onde estava. O carro seguiu e reparei depois de um bocado onde estava. De frente para o prédio do Guilherme. Caminhei com alguma dificuldade para a sua porta, olhei para as campainhas e encostei o meu dedo à sua deixando que a mesma tocasse ininterruptamente. O plano era apenas largar a campainha quando ele atendesse, mas já me doía o dedo e a sua voz não tinha ainda aparecido pelo altifalante. Encostei-me à porta para colmatar a minha falta de equilíbrio e a mesma cedeu ao peso do meu corpo. Entrei no prédio e subi no elevador, tentando suprimir as minhas lágrimas.

Estava confusa e não sabia o que iria fazer ou dizer, o plano só se estendia ao acto de subir até à sua porta.

Bati com força, com o punho fechado, na porta. Já não me lembrava que se não tinha ouvido a sua voz no intercomunicador, o Guilherme, possivelmente, não estaria em casa. Bati e tornei a bater. Encostei-me à porta a chorar, estava bêbada e estava a ser estupida e já não sabia mais o que fazer, estava toldada demais para ter alguma decisão.

A porta abriu lentamente, fazendo-me cair, mas senti que era segura para evitar uma queda. Não conseguia ver nada à minha frente de tão bêbada que estava. Ouvi a porta a bater, queria falar ou olhar em frente, mas já tinha perdido a capacidade de saber pontos de direcção.

- Iris, o que raio fazes aqui? -, Ouvi a voz do Guilherme.

- Gui! -, Chamei ternamente, tirando um momento para pensar no que lhe queria dizer. - Acho que vou vomitar! -, Apenas consegui dizer, reprimindo-me.

À pressa tropecei nos meus próprios saltos e vomitei todas as bebidas da noite, compulsivamente para dentro da sanita. Ele segurou-me o cabelo e esperou pacientemente que eu terminasse.

Quando já não sentia qualquer compulsão de vómito, tentei segurar-lhe a cara e beijá-lo. Ele desviou-me a cara e olhou-me de frente pela primeira vez. Já tinha percebido o que se passava comigo, mas os seus olhos ostentavam uma pergunta mais concreta. Vendo que eu não desistia de o querer tocar, envolvendo-me quase numa luta mais violenta, levantou-me e enfiou-me dentro do chuveiro, ligando o mesmo. A água fria bateu-me na cabeça como se fosse um martelo. Gritei, lutei, relaxei e desequilibrei-me nos saltos. Ele entrou no chuveiro e abraçou-me, apenas para que eu não caísse. O meu vestido e a sua t-shirt começaram a ficar ensopados. Afastou-me o cabelo dos olhos e eu abri a boca deixando que a água entrasse e me levasse o gosto acre e ácido do vómito.

   - Queria falar contigo. -, Falei entre respirações forçadas, a água não me permitia respirar bem. Não respondeu. – Queria dizer-te... -, Engoli água. Ele encostou-me à parede, baixando-se e tirando me os sapatos. – Queria dizer... -, Tentei dizer novamente, mas o meu cérebro tinha dificuldade em juntar frases. Ele procurou o fecho do meu vestido, sem me olhar, como se eu não fosse uma pessoa, mas um manequim, encontrou-o debaixo do meu braço. Abriu o vestido e puxou-o para cima, deixando-o cair ensopado no chão. – Queria dizer te uma coisa. -, Consegui uma frase, mas ele não parecia estar a ouvir-me. Retirou-me o soutien e as cuecas e eu suspirei como se fossemos fazer algum acto mais íntimo. Tentei enrolar os meus braços no seu pescoço, mas ele moveu-se tirando a sua t-shirt e deixando-a no chão do chuveiro. A água deixou de correr.

Puxou-me para fora com alguma violência. Enrolou-me numa toalha, enquanto eu lhe sorria, ainda convencida que nos iriamos juntar num abraço e algo mais. – Eu quero dizer... -, Iniciei levantando os braços.

- Diz-me amanhã. -, Pediu de forma zangada, levantando-me no ar. Enrolei os braços finalmente ao seu pescoço a rir e beijoquei a pele do mesmo, tentando chegar à sua boca.

Fui atirada para algo suave e pensei que estaria na sua cama e ele se iria deitar ao meu lado. Procurei instintivamente o seu corpo, mas esbarrei com as costas do sofá, enquanto ele se afastava e batia com a porta do seu quarto. Encolhi-me na toalha que me cobria e chorei de desilusão e confusão e sem dizer o que queria acabei por adormecer enquanto chorava. No quarto o Guilherme deitava-se a olhar o tecto e a tentar decidir o que fazer comigo.

Acordei a tremer de frio, tinha o cabelo ainda húmido e todo o meu corpo estremecia. Tentei mexer-me mas nenhum dos meus membros me respondia. Rolei para o chão, aterrando num som surdo. Não fui capaz de gritar ou fazer qualquer tipo de som, apenas termia contra a minha vontade. Arrastei-me pela sala, sentindo o tapete a queimar a minha pele, pois a toalha ficou para trás. A minha mira estava na porta da casa de banho, algo que parecia estar tão perto, mas que agora parecia mais longínquo que um país encantando. Todo o meu corpo doía a cada movimento, mas sabia que tinha que continuar, precisava aquecer-me.

A porta da casa de banho pesava uma tonelada nas pontas dos meus dedos. O chão era gelo a qucimar e a arranhar a pele já gelada. Continuei a arrastar-me para dentro da divisão, sem qualquer luz para além daquela que conseguia penetrar dentro do local. Enfiei-me dentro do duche e girei uma das torneiras. Não tinha a certeza se estaria a abrir a toneira certa. A água começou a escorrer mas vinha ainda fria, convulsionei de frio, esperava que a mesma fosse aquecer a qualquer momento mas isso não parecia estar a acontecer. Consegui soltar um pouco a minha garganta e libertei um grito de agonia, procurando uma outra torneira para tentar. A luz acendeu-se.

- Iris! Oh não! -, O Guilherme gritou ao perceber que eu não conseguia parar de tremer. – Fodasse! -, Fechou a água e retirou-me da banheira, carregando-me nos seus braços, até à cama. Enrolou-me nos cobertores e abraçou-se a mim no mesmo momento. – Iris! Fala comigo. Fodasse, desculpa, eu adormeci. Iris, por favor fala comigo. -, Pediu-me, enquanto me esfregava os cobertores sobre a pele gelada. Perfurei os cobertores para chegar ao seu corpo. Ele estava de tronco nu e o calor que exalava parecia uma fogueira para mim. Colei-me à sua pele como se abraçasse uma chama. Ele enfiou-se nos cobertores enrolando-se a mim para me aquecer com o seu calor. – Iris, estás bem? -, Perguntou, enquanto eu escondia a minha cabeça no seu peito. Ainda não conseguia parar de tremer.

- Frio! -, Gaguejei. Ele enrolou-se mais em mim. – Beber... -, Tentei dizer.

- Beber. Sim, espera. -, Percebeu. – Volto já! -, Saiu da cama, deixando-me enrolada enquanto eu me concentrava em deixar de tremer. Os cobertores faziam peso sobre o corpo moído e ao enrolar-me senti-me mais quente. Não sei quanto tempo o Guilherme demorou, mas o cheiro do café com leite que me trazia era extasiante. Tentei sentar-me e foi-me difícil. Ele ajudou-me, colocando as almofadas nas minhas costas e enrolando os cobertores nesta nova posição. Passou-me a chávena para as mãos, mas não a largou completamente, pois as minhas mãos ainda tremiam. Ajudou-me com delicadeza a beber o líquido quente.

O vapor bafejou-me a cara e foi bem-vindo. Ele retirou-me a chávena da boca para me impedir de beber tudo de uma só vez e acabar por queimar a garganta.

– Tem calma! Bebe devagar. -, Pediu-me.

Tomei mais alguns goles do café e senti todo o meu corpo a aquecer por dentro, o Guilherme pousou a chávena assim que terminei e eu procurei o seu corpo de imediato, aquecendo-me no mesmo. Os seus membros circularam-me, puxando novamente os cobertores à minha volta. Os meus tremores foram abrandando e comecei a sentir o meu corpo a ficar cada vez mais com uma temperatura normal. Ele esfregava os cobertores sobre mim e apertava-me contra si, mesmo que eu lhe causasse arrepios de tão fria que me encontrava.

- Queres mais? -, Perguntou, ao sentir-me mais calma. Abanei a cabeça e descolei a cara do seu peito.

- Não. -, Consegui responder. – Estou bem.

- Desculpa, eu precisava de um minuto, estava tão danado contigo, mas acabei por adormecer. Desculpa ter-te deixado assim. -, Desculpou-se com toda a sinceridade, alinhando as madeixas do meu cabelo.

- Não te desculpes, não sejas simpático comigo, por favor. -, Pedi-lhe.

- Como te sentes? -, Perguntou.

- Estou bem. -, Indiquei, fungando.

- Qual era a tua ideia? -, Perguntou, embrulhando-me um pouco mais. Olhei-o com vergonha, juntando os joelhos ao peito.

- Não tinha uma ideia concreta! Mas quando percebi onde estava só queria... fazer o que me tinhas feito a mim. -, Expliquei, deixando-o surpreso com um pequeno sorriso no canto do lábio. – Só queria deitar a tua porta abaixo, rasgar-te a roupa e... fazer amor contigo. -,

Especifiquei, mas não era preciso. – Não resultou muito bem, pois não?

- Só conseguiste mesmo dizer que ias vomitar. E depois vomitaste. -, Relatou, deixando-me ainda mais envergonhada. – Meti-te no chuveiro porque estavas muito agitada. Era para te acalmar. -, Explicou, enquanto eu juntava a testa aos joelhos. – Bebeste a tal cena?

- Não, mas acho que bebi tudo o resto que havia. -, Indiquei para dentro dos cobertores. Ele riu-se e encostou a sua mão à minha face para verificar a minha temperatura.

- Estás mais quente. -, Admitiu.

- Devia ir embora. -, Indiquei, levantando a cabeça.

- Vou pôr a tua roupa a secar, podes descansar enquanto seca. -, Indicou. Segurei-me com força ao seu corpo.

- Espera, fica só mais um pouco. -, Pedi em desespero. – Não quero arrefecer. -, Expliquei de forma muito científica, mas não era essa a verdadeira razão e ele sabia disso. Os seus braços voltaram a apertar-me contra si e eu inalei o seu cheiro e absorvi o seu calor. Ele próprio me ajeitou para que ficasse deitada e acabei por adormecer sem me dar conta.

Acordei sozinha na cama, já não sentia frio, até estava com algum calor, estava vestida com uma t-shirt comprida e enrolada em mais cobertores do os que tinha antes. Cheirei os lençóis à minha volta e tinham todos os cheiros que eu amava. Rolei naquela orgia olfactiva e senti toda a leveza da sua cama. De imediato fui levada para a primeira noite que tinha passado naquele sítio. Tinha memórias bem vividas a pulsar no meu cérebro e conseguia ouvir a sua voz e sentir os movimentos dos seus músculos como se novamente estivesse envolvida com o Guilherme. Senti um toque quente na minha testa. Abri os olhos e viu-o a olhar-me num sorriso preocupado. Sorri-lhe, espreguiçando-me.

- Estavas a contorcer-te, pensei que estivesses pior. -, Indicou.

- Não, acho que estava a sonhar. -, Expliquei, sentando-me.

- Já tás à temperatura normal. -, Brincou.

- Obrigado pelo reforço. -, Agradeci, ajeitando os cobertores.

- A tua roupa já está seca. -, Anunciou e eu percebi o que isso significava.

- Hora de ir embora. -, Admiti, querendo levantar-me.

- O teu telefone tocou umas quantas vezes, acho que andam à tua procura. -, Relatou enquanto eu me levantava ainda enrolada nalguma roupa.

- Eu deixei o Luís no Mama Joana. -, Lembrei-me. – Ele deve estar em pânico.

A campainha soou e o Guilherme olhou-me surpreso. Percebi que não estaria à espera de ninguém. Levantou-se e saiu do quarto. A minha roupa estava ao fundo da cama, vesti-me, sentindo o quente que ainda emanava do tecido. Relembrou-me o calor do seu corpo. Compus-me enquanto ouvia a porta da rua a abrir-se. Reconheci de imediato a voz de quem entrava e saí do quarto.

- Iris, fodasse, anda todo o mundo à tua procura. -, O Henrique indicou bastante zangado assim que me viu. Apenas baixei a cabeça. – Porque não atendes a merda do telemóvel? -, Ele continuou o sermão. – O Luís ligou-me em pânico a dizer que tinhas desaparecido. Eu liguei a toda a gente e ninguém sabia de ti. Bolas, se querias dar uma foda, é na boa, mas ao menos podias ter avisado. -, Continuei com a cabeça baixa, deixando que as palavras me sangrassem com feridas.

- Não precisas de falar assim. -, O Guilherme levantou o tom de voz, algo nada normal nele. O Henrique entreolhou-nos e percebeu nesse momento que o seu comentário não tinha sido nem muito feliz, nem muito acertado.

- Desculpa teres de ouvir isto. -, Falei para o Guilherme. – Obrigado pela ajuda, não te volto a incomodar. Vamos embora. -, Pedi ao Henrique, que ficou um pouco confuso.

O Guilherme não disse absolutamente mais nada, apenas se manteve estóico a ver-nos sair. O Henrique ainda lhe jogou alguns olhares, mas ele não demonstrou nada. Saí, em silêncio.

Entramos no seu carro e o Henrique estava prestes a quebrar o silêncio para tentar perceber o que raio se passava, mas antes que ele pudesse fazer isso mesmo, eu quebrei num choro histérico. Toda a tensão que sentia era demasiada para o meu corpo e para o meu cérebro. Ele apenas afastou o carro do local onde estávamos e deixou-me chorar todo o caminho.

O que o Henrique entendia era que por algum motivo eu e o Guilherme teríamos terminado. O que não estava longe da verdade. Não contei nada do que se tinha passado na noite anterior, já era indigno o suficiente lembrar-me do que tinha feito, não queria partilhá-lo. Ninguém perguntou nada, quando cheguei à casa do Henrique e descobri a Sara, a Joana, o Luís e a Eunice à minha espera, apenas me deixaram chorar até me acalmar e ficar quieta no meu canto a remoer todas as minhas acções.

O meu cérebro deixou de funcionar durante todo o dia, apenas tinha a capacidade motora ligada, todas as outras funções estavam congeladas. Já não conseguia fazer sentido dos meus actos, tinha cometido um acto desesperado. A minha inexperiência ter-me-ia traído. Imaginei o que o Guilherme teria ficado a fazer após a minha saída. Teria ficado a pensar no que tinha feito, ou apenas achava a situação tão embaraçosa como eu? Tinha a certeza que desta vez tinha estragado tudo. Nunca mais ele se iria esquecer e eu também não.

Não o conseguiria olhar nos olhos depois de algo tão idiota, mas por outro lado ele próprio tinha passado por situações bem embaraçosas comigo e voltou a falar comigo e para além disso abriu-se a um início de relação.

Capítulo 14

Um dia de trabalho começa sempre da mesma forma e termina da mesma forma, é o meio que por vezes se altera. A ressaca ainda pesava nas minhas pálpebras e notava que estava bastante lenta em relação aos outros dias. Mas a atenção ao trabalho, fazia-me esquecer por momentos coisas passadas, mas era apenas por momentos. Não conseguia parar de me sentir ridícula e idiota, mas ao mesmo tempo perguntava-me se haveria alguma possibilidade de uma nova aproximação.

Levantei-me a meio da tarde e levei o meu telefone para dentro da pequena sala de reuniões. Liguei para o Guilherme, embora ele estivesse apenas do outro lado da sala. Sentei-me no chão à espera que ele atendesse. Demorou, pensei que não me quisesse falar, mas quando estava a desistir ouvi o som da sua voz.

- Sim. -, O seu tom pareceu-me ser de algum desagrado.

- Olá, sou seu. -, Gaguejei.

- Sim. -, Senti que havia movimento da sua parte, percebi que possivelmente estava a desviar-se de ouvidos à volta, tal como eu tinha feito. – O que queres? -, Perguntou de forma abrupta.

- Eu queria dizer-te uma coisa na outra noite e acho que não tive hipótese de dizê-lo. -, Expliquei e recebi um hum-hum, do outro lado. – Bem, só queria mesmo dizer-to... O que queria dizer era que... Desculpa, estão a falhar-me as palavras. -, Suspirei.

- Uma redactora sem palavras. Isso não é bom para o negócio. -, O Guilherme riu timidamente.

- Eu não procurava nada nesta empresa para além de um trabalho estável, mas quando me chamaste naquela discoteca deixei-me acreditar que talvez pudesse ter um pouco mais. – Confessei à pressa, para que não me pudesse interromper e assim pudesse perder a coragem de falar. - Fiquei completamente apanhada pela tua voz e pelo teu sentido de humor e claro que o físico ajudou bastante à coisa. – Ouvi um riso contido nas narinas. - Quando me puxaste naquela discoteca para me falares, foi o melhor da minha noite. Não cabia em mim de felicidade quando ficaste a falar comigo e nem conseguia respirar quando me ligaste e me ouviste descrever um nascer do sol durante uma hora, para te certificares que eu chegava a casa. -, Parei para ganhar folego, não ouvi nada do outro lado. – Eu não sabia que sentia algo por ti mas se calhar sentia. -, Clarifiquei, - Sou tímida demais para falar contigo, por isso, embebedei-me para ter coragem de te dizer... Eu adoro as brincadeiras que tens comigo, mas quero confessar-te que não estava a brincar quando te beijei no Mama Joana. -, Reprimi um pouco o choro. - Eu podia ter parado tudo naquele táxi, mas não quis. Quis continuar e entregar-me, mesmo sabendo que não estavas no teu estado normal. Sim, aproveitei-me de ti. E quando foste tu a procurar-me eu pensei que sentias a mesma atracção que sinto por mim. Magoou-me tanto quando me disseste que era tudo culpa da bebida, que nada teria acontecido se não tivesses bebido. Eu queria acreditar que era apenas isso. Era mais fácil acreditar numa história tão louca, mais fácil do que aceitar que na realidade... Estava a aproximar-me cada vez mais de ti. -, Pausei, mas a linha continuava silenciosa. - Quando a minha amiga me disse que aquilo não fazia nada eu acreditei mesmo que sentisses alguma coisa por mim. Por isso é que te contei a conversa, esperava que confirmasses isso mesmo, mas... Fodasse! Tudo o que eu nem sabia que tinha sonhado estava a tornar-se realidade e eu queria isso. Queria que fosse real, que, realmente, gostasses de mim e que tudo entre nós não se resumisse apenas a algumas noites de sexo e bocas sobre o mesmo assunto. Era isso que te queria dizer na outra noite -, Confessei-me completamente.

- O que é suposto eu fazer com essa informação? -, O Guilherme perguntou de forma muito seca.

- Nada, falo demais quando estou nervosa e estou para aqui a confessar-me quando sei que não tens, nem tiveste, qualquer interesse em mim. -, Suspirei.

- Eu nunca disse isso. -, Ele indicou, apressadamente, fazendo-me sorrir com alguma esperança. – Só quero que me digas como achas que estou a reagir a esta chamada.

- Acho que estás na copa, encostado à parede, costas direitas, com uma mão no bolso, a olhar para o chão. É como ficas quando estás nervoso. -, Descrevi de memória.

- Confere. -, Ele apenas respondeu e senti o sorriso nos seus lábios. – Onde estás tu?

- Na sala de reuniões. -, Indiquei.

- Sentada no chão, abraçada aos joelhos? -, Perguntou e não consegui evitar um risinho, dando-lhe a indicação que estava certo. – Sentas-te assim quando ficas triste. -, Alegrei-me ao perceber que havia reparado em algo em mim. – Deves estar a pensar em sair daí e ires fumar um cigarro, porque isso te acalma. -, Suspirei, - Queres acompanhar o cigarro com um café e caminhar até à varanda enquanto o mexes muito devagar. Quando chegares lá fora vais pousar o copo na boca-de-incêndio e dar uma pequena pirueta sobre ti mesma para ficares encostada ao corrimão e vais olhando para a malta cá dentro a trabalhar, distraída, mas atenta. Vais deixar um bocadinho de café para o fim, para puderes apagar o cigarro. – Estava petrificada com a sua descrição tão exacta da forma como costumava fumar.

- Como é que tu sabes...? -,

– Mas espera ainda não podes ir. Ainda não são 6! -, Ele surpreendeu-me com a última frase. – Porquê sempre às 6? -, Mordi o lábio ao aperceber-me que ele tinha reparado em muito mais do que eu pensava.

– Porque a essa hora já toda a gente fez a sua pausa e eu posso ficar sozinha e pensar. Ganhar inspiração. -, Expliquei a medo.

- Pensei que a vela que acendes fosse para isso. -, Lembrou.

- A vela...! -, Declarei confusa.

- Aquela que disseste que me acendias naquela noite. -, Explicou calmamente. – Nunca me acendeste a vela... -, Falou como se amuasse. – Bem, talvez tenhas!

- Eu estou a deixar de fumar. -, Relembrei.

- Pois é, tinha-me esquecido, estás a reduzir. -, Admitiu. – E o computador está a funcionar bem? -, Respondi com um hum-hum. – A impressora não está a dar mais problemas do que os normais? -, Ri-me, percebendo que enumerava as situações poderiam requerer a sua presença. – Não precisas de vir falar com ninguém aqui a este lado? -, Voltei a rir-me, sem lhe dar resposta. – Já sei, porque não voltas para a tua secretária e mandas um mail para eu fazer uma referência marota muito casualmente e tu finges estar chocadíssima. -, Sugeriu, quase num sussurro. Cerrei os lábios tentado não me rir. A enumeração das nossas brincadeiras revelavame que o seu conhecimento da minha pessoa era mais extenso do que pensava e não conseguia decidir-me se isso me agradava ou assustava.

- Ok, vou ter mais cuidado com o que escrevo. -, Conclui, sem capacidade para falar sobre as recentes descobertas. - Eu vou desligar agora. -, Anunciei. – Desculpa estar a tirar-te tempo de trabalho. -, Levantei-me e desliguei o telefone sem me despedir, porque isso iria fazer tudo mais final.

Saí da sala, cabisbaixa e caminhei de volta à minha secretária. Ele tinha razão estava com vontade de fumar e pensava que agora até já nem tinha razão para deixar. Só tinha reduzido para que ele não se queixasse do sabor da minha boca. Já tinha tirado bastante tempo do meu trabalho para estar ao telefone e não queria abusar da pausa, sabia no entanto que ninguém se importaria se eu saísse um pouco mais para fumar. Continuei o caminho até à minha secretária estudando o estado dos meus sapatos e da carpete. Detectei o braço da minha cadeira, segurei-o e sentei-me, sentido de imediato que algo existia entre mim e a mesma, tentei levantar-me e fui abraçada. Ouvi as gargalhas das pessoas à minha volta. Olhei para trás e percebi que estava sentada no colo do Guilherme, arregalei os olhos.

- Este núcleo é muito fixe para trabalhar, até nos caiem gajas ao colo. -, Brincou. O pessoal continuou a rir às gargalhas. Levantei-me num repente.

- Oh Iris! Estás um pouco diferente. -, Brinquei completamente perdida na sua presença.

- É, não dormi muito bem. -, Entrou na brincadeira. -, Acordaram-me às quatro e meia da manhã. -, Relatou.

- Eh lá! O que te queriam às quatro e meia da manhã? -, A Sara perguntou entre gargalhadas. Ele olhou-me desafiante.

- O que é que querias às quatro e meia da manhã? -, Devolveu-me a pergunta, deixando o pessoal à volta um pouco confuso.

- Que se lixe! -, Apenas disse, segurando-lhe a cara e beijando-o apaixonadamente. Ouvi nas minhas costas o espanto conjunto. Ele retribuiu o meu beijo, passando as suas mãos pelas minhas costas.

- Fogo, Gui estava a ver que nunca mais te confessavas. -, A Sara urrou, quis libertar-me do meu beijo, mas ele não me permitiu. As suas palavras foram uma total surpresa e o facto de ele não me largar despertava a minha atenção.

- E eu que me tive que casar para ver se eles começavam a falar? -, Ouvi o Henrique.

Soltei-me do beijo à força, olhando-o fundo nos olhos e percebendo que havia algo nos mesmos que me tinha escapado, o seu sorriso tímido delatava-o.

- Acho que temos que conversar. -, Falei para a Sara e para o Henrique.

- Talvez um dia te conte. -, O Henrique brincou.

O Guilherme puxou-me de novo para a sua boca e voltamos a beijar-nos. Embora estivesse estasiada a beijá-lo, também me sentia perdida nas frases anteriores. Ele levantou-se ainda a beijar-me, sorrindo.

- Não és a única tímida. -, Sussurrou-me simplesmente, fazendo todas as peças de um puzzle gigantesco assentarem de imediato na minha cabeça.

Enrolei os meus braços à volta do seu pescoço beijando-o avidamente, sentido toda a felicidade do mundo a inundar o meu peito. As suas mãos circularam as minhas costas, empurrando-me contra o seu peito duro, enquanto a sua língua brincava com a minha vigorosamente. Comecei a ouvir palmas e encorajamentos vindos de todos os lados.

- Toda a gente sabe... -, Sussurrei com os lábios perto dos seus.

- Acho que fomos um tanto óbvios. -, Ele riu e senti-me a ruborizar. – Queres sair daqui? -, Perguntou e eu apenas acenei num sorriso.

O Guilherme puxou-me pela mão, passando pelos nossos colegas em direcção à porta. Relembrava-me de uma cena idêntica vivida na igreja onde o Henrique havia conduzido a sua nova esposa, Eunice para o portal de saída. Vi os sorrisos sinceros do pessoal e ouvi as suas palmas e sorri como havia visto a Eunice sorrir. Todos nos olhavam de forma terna e sorridente e entendi então que o nosso beijo era um espectáculo esperado há muito. Ruborizei ao tentar perceber durante quanto tempo saberia toda a Cores de Prisma sobre a secreta paixão do Guilherme.

Acho que percorri quilómetros num piscar de olhos. Com todos os meus pensamentos a processarem-se como pedaços quadrados retalhados de um puzzle de apenas uma cor em que as peças se encaixavam, mas não coincidiam. Dentro do seu carro sentia-me de novo quente e excitada e confusa, sem saber o que iria acontecer de seguida. Invés de me atormentar com questões incessantes, apenas deixei-me conduzir pela estrada já conhecida, deixando entrar nos meus olhos as cores vivas da tarde misturadas nos vislumbres castanhos dos olhos do Guilherme e do branco do seu sorriso com aquela pequena falha.

Quando senti que o carrossel parou estava na posição horizontal, a sentir a brisa da sua respiração no meu corpo e o molhado dos seus beijos a salpicar-me o tronco. A minha boca recebeu a dele e o meu cérebro acordou das suas reviravoltas. Rolei sobre o seu corpo, ficando por cima.

- Tu gostavas de mim antes? -, Perguntei confusa.

- Hum-hum! -, Ele respondeu num sorriso de criança, rolando-me de volta e continuando a beijocar-me. Voltei a rolá-lo.

- E a Sara sabia que tu gostavas de mim? -, Perguntei tentando firmar as peças deste puzzle gigantesco.

- Hum-hum! -, Voltou a responder-me, de forma apressada, rolando-me novamente e ocupando-se da minha boca, correspondi ao beijo, enquanto voltava a pensar nas frases proferidas pelo Henrique e pela Sara. Rolei novamente sobre ele.

- E o Henrique, também sabia? -, Perguntei.

- Hum-hum! -, Tornou a responder, sorrindo impacientemente. – E a Eunice, também. -, Apressou-se a acrescentar, rolando-me de volta, novamente.

- Mas pera! -, Rolei novamente para cima dele. – Mas a história da cena castanha...?

- Acho que abusei, só queria soltar-me um pouco. -, Explicou, fazendo-me rir.

- Mas tu discutiste comigo... -, Eu lembrei. – Tu fizeste-me acreditar que só estavas comigo por causa da bebida.

- Entrei em pânico! -, Anunciou, envergonhado, - Não sabia com te dizer que gostava de ti. – Sorri, comovida, beijando-o enquanto ele rolava de volta para cima de mim, de forma lenta.

- Mas, Gui... -, Tentei novamente rolar, mas ele prendeu-me o corpo.

- Iris, queres calar-te para eu puder fazer amor contigo? -, Perguntou um pouco zangado.

- Ok! -, Falei como um bebé.

- Ok? -, Ele confirmou imitando o meu tom de voz.

- Ok! -, Eu voltei a responder no mesmo tom.

A sua boca inundou a minha com o seu hálito fresco e as suas mãos correram os meus braços e ombros, como água num rio. As pontas dos meus dedos ondularam-se sobre as suas vertebras, causando-lhe arrepios na espinha. Rolei-o, sentando-me sobre si, franziu o nariz adivinhando que eu iria fazer mais perguntas. Arranhei o seu peito levemente, vendo a sua pele ressaltar sob as minhas unhas, arqueou o pescoço num silvo de prazer. Baixei-me como para o beijar, mas fiquei longe o suficiente para que ele não me conseguisse chegar, segurando os seus braços para que não me pudesse envolver. O seu pescoço levantou-se de imediato, mas caiu assim que percebeu que não haveria contacto, sorriu-me desesperadamente. Pisquei-lhe o olho de forma marota.

- É a minha vez! -, Sussurrei.

Balancei as minhas ancas sobre o seu corpo, massajando-me no que já despontava de forma dura e passando a língua pelo seu peito, aleatoriamente. Os seus pulsos mediram forças com as minhas mãos, tentando libertar-se e tive que exercer mais força, que não tinha, para o manter quieto. Segurá-lo restringia os meus movimentos. Mordi suavemente um dos seus mamilos, causando-lhe alguma dor.

- Espera! -, Ele assustou-me, fixei-lhe os olhos. – Abre aquela gaveta. -, Inclinei a cabeça em desconfiança, mas abri a mesma como me tinha sido pedido.

– Protecção? -, Perguntei num sorriso ao me aperceber do conteúdo da mesma. Retirei um dos pequenos quadrados prateados arranhando o seu peito com a ponta. – Há quanto tempo planeavas isto?

Retirou-me o quadrado da mão sem me dar resposta, sorrindo enquanto se protegia. Respirei fundo e conduzi-o até ao local com toda a delicadeza. A sua expressão de prazer rasgou-se num sorriso e numa inalação profunda de contentamento. Balancei sobre as suas ancas inclinando o meu corpo para trás e conseguindo uma penetração mais profunda. As suas mãos procuraram os meus seios, segurando depois as minhas costelas e seguindo o ondular das mesmas.

A dança com o meu corpo sobre o seu membro manteve-se regular, como uma folha ao sabor do vento. Os seus músculos endureceram debaixo das minhas ancas e a sua respiração já se encontrava deficiente. Uma das mãos soltou-se do meu corpo e desceu lentamente até ao meio das minhas pernas. Os seus dedos massajaram-me ao mesmo ritmo que eu marcava. Quase me deitei nas suas pernas, para receber este novo estimulo. O seu braço já não tinha comprimento para me segurar e por isso ele ocupou a mão a tocar a minha pele. Com ambas as mãos e a sua essência em mim, depressa senti-me como que inundada por lava. Soltei a garganta totalmente esticada, tossindo gemidos. Ouvi os seus gemidos a aumentar.

Pela primeira vez não o olhava enquanto atingíamos o orgasmo, apenas ouvia o som da sua voz a gemer em respirações rápidas e superficiais e era o suficiente para me fazer atingir o pico de prazer. Aumentei o ritmo mesmo no final, aguentando o meu prazer para coincidir com o dele. Arrebentamos com as nossas cordas vocais em chamamentos prazerosos e perdemos o controlo dos nossos próprios corpos, enquanto convulsionávamos incontrolavelmente.

Desfaleci para trás, exausta e senti-me a ser recolhida e deitada numa posição mais confortável. Recebi um beijo sôfrego. Respirei como se tivesse acabado de emergir do fundo do oceano e o ar fosse uma bênção. Com o seu olhar a absorver a minha expressão, de uma posição superior e num sorriso sereno, deslizou as costas dos dedos sob a minha pele, retirando os cabelos rebeldes que me cobriam o rosto. Sorri-lhe em cansaço aninhando-me depois nos seus braços.

- Temos muita coisa para falar. -, Indiquei-lhe.

Voltei a beijá-lo e ele puxou-me o corpo para que cobrisse o seu. Continuou a beijar-me, não me libertando a face, mesmo quando precisava de ar. Percebi que apenas me mantinha a boca ocupada para que eu não pudesse falar. Deixei-me levar pelos seus comandos, apercebendo-me que iriamos ter muito tempo para falar sobre tudo em qualquer outra altura.